大城故事

广州：中国超大城市治理样本

DACHENG GUSHI

主　编　张东明
副主编　王垂林　姚燕永　姜玉龙　谭亦芳　曾　妮

南方日报出版社
NANFANG DAILY PRESS
中国·广州

图书在版编目（CIP）数据

大城故事 ：广州:中国超大城市治理样本 / 张东明主编. — 广州 ：南方日报出版社，2015.3
ISBN 978-7-5491-1189-3

Ⅰ. ①大… Ⅱ. ①广… ①张… Ⅲ. ①新闻报道—作品集—中国—当代 Ⅳ. ①I253

中国版本图书馆CIP数据核字(2014)第244868号

责任编辑：阮清钰　郑　颖
装帧设计：书窗设计工作室
责任技编：王　兰
责任校对：阮昌汉

大城故事——广州:中国超大城市治理样本

主　　编：张东明
出版发行：南方日报出版社
地　　址：广州市广州大道中289号
经　　销：全国新华书店
印　　刷：广州汉鼎印务有限公司
开　　本：889mm×1194mm　1/24
印　　张：11.5
字　　数：200千字
版　　次：2015年3月第1版
印　　次：2015年3月第1次印刷
定　　价：88.00元

投稿热线：（020）87373998-8503　读者热线：（020）87373998-8502

网址：http://www.nanfangdaily.com.cn/press　http://www.southcn.com/ebook

序

张东明

城市是人类文明的集中体现，人类最伟大的成就集中于城市。作为一个有着5000年历史的文明古国，中国城市伴随着华夏文明而兴起，有着悠久的历史，也创造了辉煌的成就。汉唐长安、元大都、北宋东京都曾经是当时世界上规模最大、最繁华的城市。

人类文明进入20世纪之后，城市翻开了新纪元。城市文明取代农业文明成为人类文明的主导，纽约、洛杉矶、伦敦、巴黎、东京等一批超大规模的城市和城市群横空出世。国家与国家的竞争越来越多地通过其中心城市之间的竞争来体现，其中的例子有巴黎和伦敦对于“欧洲第一城”的竞争、伦敦和纽约对全球金融中心地位的争夺。

鸦片战争爆发之后至改革开放之前，中国的城市发展走过了相当长的曲折道路。其间虽然也诞生了上海这座远东第一大都市，但城市发展的水平远远落后于发达国家。改革开放以来，国家用短短30年的时间走完了欧美150年的路程。进入21世纪，中国城市发展日新月异。如今，国家中心城市的布局已经上升为国家战略。北京、上海、天津、广州、重庆这5个国家级中心城市，将分别引领各自的经济圈发展，代表国家参与未来的国际竞争。人们期望它们成为未来中国的纽约、芝加哥、洛杉矶。

广州是改革开放以来中国发展最大的城市，也是国家五大中心城市中唯一一个非直辖市。从秦末任嚣筑城算起，广州已经有2220多年历史，其间几经辉煌、几经衰落，而城市发展的血脉却始终未曾中断。今天的广州面积7434平方公里，实际人口达到1700万，在完成新一轮区划调整之后，广州将成为全国市辖面积最大的城市。随着国家对城市等级的调整，常住人口超过一千万的广州，与北京、上海等一道成为中国第一批“超大城市”。

超大城市的发展关乎国家战略的实现。党和国家领导人高度重视超大城市的建设和治理。习近平总书记指出，要健全城市管理体制，提高城市管理水平，尤其要加强市政设施运行管理、交通管理、环境管理、应急管理，推进城市管理目标、方法、模式现代化。

推进城市管理现代化，是摆在中国所有超大城市面前的一道时代考题。城市规模和人口的急剧扩张，使得“城市病”在规划、建设、交通、教育、环境等各个方面都有所凸显。“城市病”的根本原因，是我们缺乏城市管理经验，在城市治理体系和治理能力上尚未达到现代化的要求。

见证大城崛起，是今天广州人的荣幸，而与此同时，市民们也经历着发展的阵痛。可以说，每一个人的现实经历，都折射出超大城市发展道路上辉煌而艰辛的脚步。报纸是时代的记录者、观察者，南方日报记者通过历时5个月的深入采访，从城、人、物、事四个维度出发，以一个个鲜活的广州故事呈现超大城市的成就与困境，用小民的梦去映射大城的梦。

我们讲述的故事印证着这样的道理：规划科学是最大的效益，规划失误是最大的浪费，城市规划应坚持可持续发展，让历史文化与自然生态永续利用、与现代化建设交相辉映；城市以功能论地位、论输赢，超大城市应突出高端化、服务化、集聚化、融合化、低碳化，整合优化全市域空间，构造城乡和谐发展的大格局；不朽的城市应有不朽的建筑，提升城市建设特别是基础设施建设质量，是一份沉甸甸的历史责任；城市管理需要突破传统发展模式下形成的管理机制，通过深化改革破解深层次体制性矛盾，形成现代化的城市治理体系和治理能力；城市的发展依靠人、为了人，只有深入贯彻以人为本的城市治理理念，才能建设一座真正伟大的城市。

广州正处于建设世界级大都市的辉煌征途之中，如今正在迈出其中最关键的几步。南方日报记者怀着书写一部当下城市史的态度来策划推出“大城故事”。我们把这组故事献给这个时代，献给浸透在酸甜苦辣中的大城小民，也献给当政者，以启迪以人为本的城市建设发展智慧。

目　录

第三部分　人

第四部分　事

开篇
大城市需要大智慧

19世纪，广州十里珠江风情图随着各国商船行销全球，彼时，站在白云山上就能俯瞰整座城市。

今天，站在任何一个地理高点，都无法将整座城市尽收眼底，城市的广度已经无法仅凭眼力和脚力去丈量。

2014年年初，广州新一轮行政区划调整方案经国务院批准，随着增城和从化收归城市版图，广州成为全中国市辖面积最大的城市。

建设管理一座市域面积7434平方公里，实际人口超过1700万的超大型城市，是上下五千年任何一位圣哲先贤都未曾面临的重大挑战，而中国的特殊国情又将所有问题的复杂性乘数叠加。

睡城、老城、新城，城市出乎意料的发展让美好的规划一次次成为遗憾；老广、老外、农二代、知二代，城市如何为每一个人创造公平发展的机会；地王、地标、地铁，城市建设傲然成就，无法掩饰狂飙突进带来的局部失衡；交通、买房、办证，无限琐碎的生活细节，考验着公共服务的智慧……

大城市需要大智慧。在肉眼所不及的广阔城域，我们需要借助一双智慧双眼去重新打量。南方日报记者通过历时5个月的深入采访，从城、人、物、事四个维度出发，以一个个鲜活的广州故事呈现超大城市的成就与困境，用广州人自己的嘴说出他们的大城梦。

广州市正在努力提高城市治理水平和治理能力，探索新型城镇化发展道路，而路标最终指向的是人。真正构成城市的是她的市民，而不是混凝土建筑。也唯有认识到“人”才是城市发展的最初动力和最终目的，城市才能真正成为人们最美好的希望。

广州的挑战

城市的规模从未像今天这样成为一个让规划者左右为难、让学者喋喋不休的论题。

美国城市问题研究权威学者乔尔·科特金在《全球城市史》中指出：“今天，大多数人口密集的巨型城市，其规模与其说是城市的优势，毋宁说是城市的负担。”而爱德华·格莱泽在《城市的胜利》中则支持高密度的居住方式，近距离的接触可以增进交流，激发创意，高密度的规划模式可以减少人均碳排放，对环境更加友好。

纸上的争吵仍在继续，现实的城市正不断长大。中国“第三城”广州，其人口规模毫无悬念地超越1700万，随着新一轮区划调整的到来，广州将超过上海成为全国市辖面积最大的城市。

在中国社会科学院人口与劳动研究所所长蔡昉看来，广州已经不能被称为“特大型城市”，而与北京、上海一道成为“超大型城市”。

1000年前的北宋东京，汴河一次泛滥带来的粮食运输危机，就能让这座人口150万的城市面临灾难；今天，要管理一座人口1700万的城市，可以说处处是挑战、处处是陷阱。

从城、人、物、事四个维度出发，我们试图用一个普通广州人的眼睛去打量“大城梦”的高度和差距。

城——城市规划。如果说规划是遗憾的艺术，那么广州的遗憾实在令人唏嘘。2000年以来，以房地产为主导的新城开发模式，造就了一个又一个“睡城”；老城区街区老化造成的人口流失，在局部地区已经造成“空心化”效应；“高大上”的CBD在集聚高端产业、高端人群的同时，也面临着村与城、传统与现代的不协调。城市在“有形之手”和“无形之手”的推动下，成长为今天的模样，每一个广州人都不由得反思：我们究竟错过了什么？

人——共同发展。农二代在“长”满房子的土地上，如何耕种他们的梦想；知二代在广州成长，却到大洋彼岸寻找未来；老广州人在新移民的大潮中顽固坚守逐渐老去的文化记忆；漂洋过海而来的老外用“世界公民”的眼光挑剔广州与“国际大都市”之间的距离。人的明天就是城市的明天，广州能否为不同的人群创造公平的发展机会，决定着城市未来的发展。

物——城市建设。人类文明最伟大的成就集中在城市。今天，广州的摩天大楼密度已经进入世界前列；2020年前，随着新地铁线路建成，广州轨道公里数将与纽约、巴黎、东京并驾齐驱。城市建设的成就虽令人骄傲，但建设中人性化的欠缺也留下了遗憾。

事——公共服务。从人一生要办103个证件，到一个工程审批要走过30个工作日，每个人无时无刻不在跟公共服务打交道。上班、上学、买房、办证，烦扰着大城小民每天的梦，一个个上班难、办证难的故事告诉我们：只有服务好了，“大城梦”才能美。

大城的智慧

亚里士多德曾说过："人们来到城市，是为了生活；人们居住在城市，是为了生活得更好。"

今天，我们如何建设一座更好的城市？当我们穿行在这座城市的大街小巷寻找拨动人们心弦的故事时，常常遭遇这样的追问。

放眼全球，面对气候变暖、环境恶化、交通拥堵等城市"顽疾"，一场世界范围的城市发展转型早已展开。

环视国内，中国城市发展战略正在经历一次历史性的转型。21世纪，当中国城市化人口首次超过总人口50%、进入"城市文明"主导的时代，当中国大城市先后面临资源约束趋紧、公共服务不均、城乡二元分割、文化特色弱化、社会服务管理滞后等"成长中的烦恼"，"更好的城市"这一世界梦想照进了中国的现实。

中国的城市应当创造怎样一种发展方式，去引领"现代中国"？中国的城市应当创造怎样一种范本，去实现亿万家庭的"中国梦"？

置身全球发展转型大格局中的广州，正在率先把握这一时代的命题。

思路决定出路。我们看到，广州新一轮的12年战略规划引导教育、医疗等资源向外延伸，睡城生活的各种迷茫有望终结；我们看到，天河CBD在不断摸索中日渐成熟，国际金融城、中新知识城等新的梦想在升腾；我们看到，新一代广州人在飞速发展中坚守着对城市发自内心的热爱……

"更好的城市"总是为人们提供"更好的生活"。人的感受是城市生活最深的关切，人类的美好未来是城市发展的源动力。芸芸众生的平凡故事，大城里人们的乐与愁、梦想与希望，就像一块块散落在城市各个角落的拼图，拼合成的不仅是今天城市的清明上河图，更将是明天生活的花开富贵图。

循着美好的生活愿景而前行，大智慧必将有大作为，必将创造新的生活。

在这片土地上生活的1700多万人，正热切地期待着。

第一部分
城

第一章　睡城：安放了多少人的大城梦

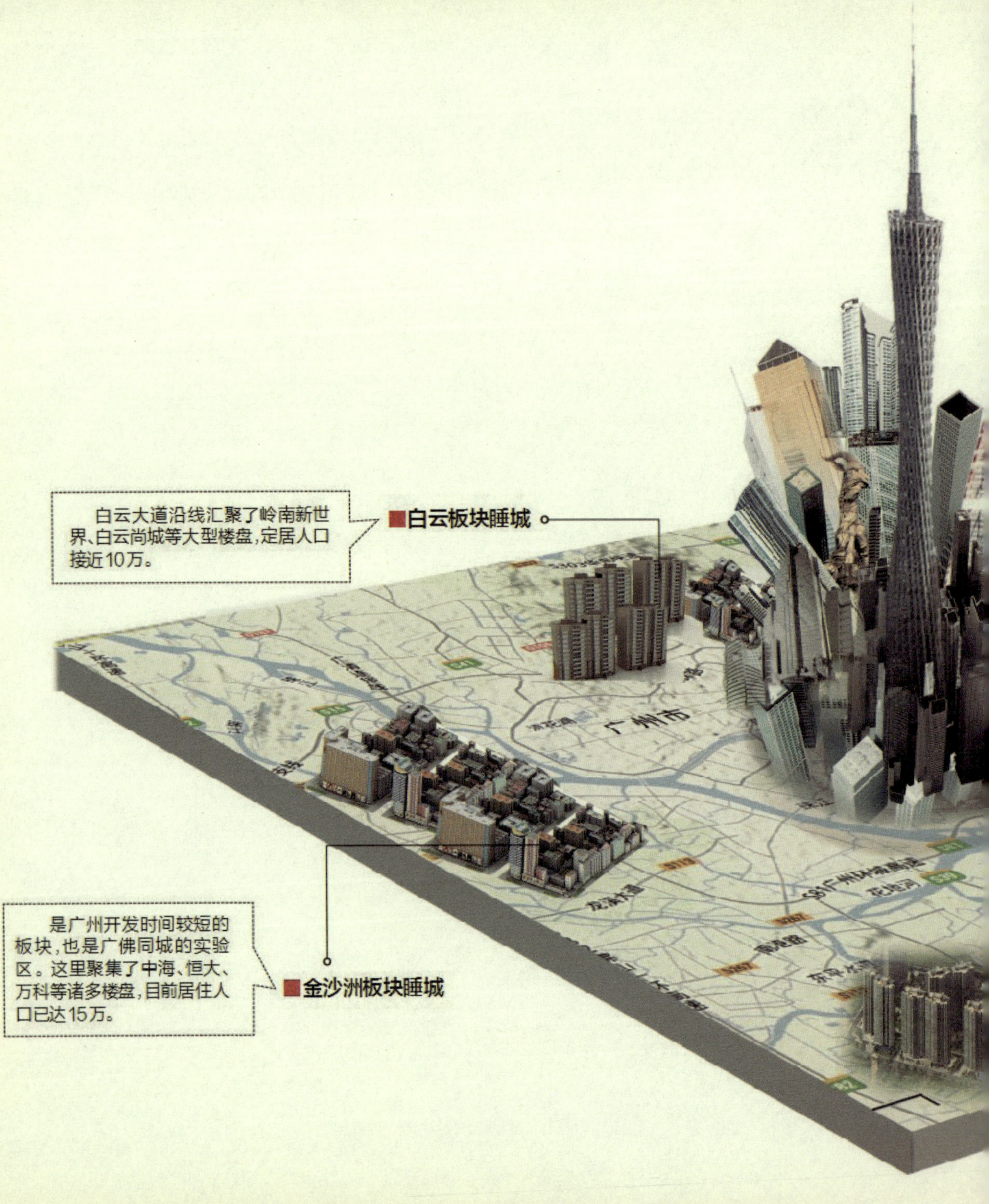
白云板块睡城
白云大道沿线汇聚了岭南新世界、白云尚城等大型楼盘，定居人口接近10万。
广州市
金沙洲板块睡城
是广州开发时间较短的板块，也是广佛同城的实验区。这里聚集了中海、恒大、万科等诸多楼盘，目前居住人口已达15万。

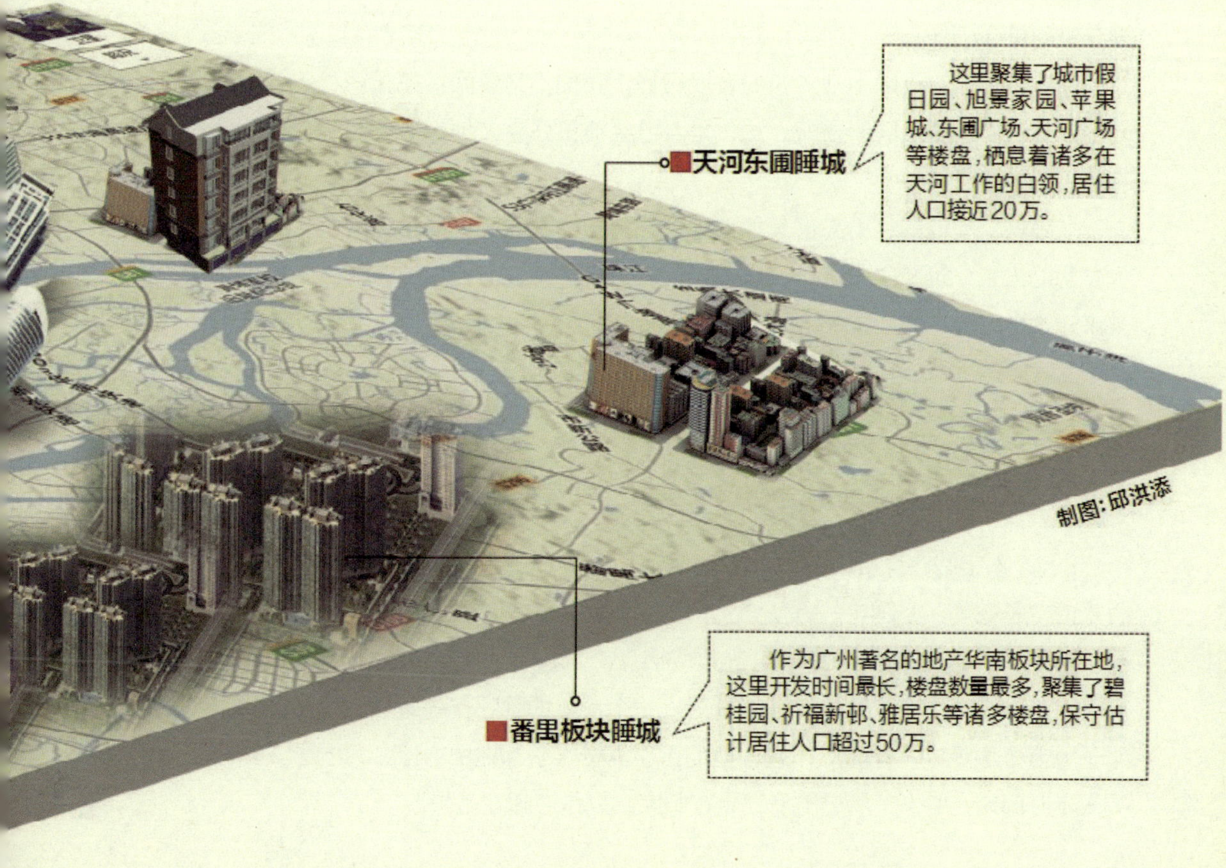
天河东圃睡城
这里聚集了城市假日园、旭景家园、苹果城、东圃广场、天河广场等楼盘，栖息着诸多在天河工作的白领，居住人口接近20万。
番禺板块睡城
作为广州著名的地产华南板块所在地，这里开发时间最长，楼盘数量最多，聚集了碧桂园、祈福新邨、雅居乐等诸多楼盘，保守估计居住人口超过50万。
制图：邱洪添

广州向南，南边有大盘；广州向东，东边有豪宅。

一轮轮发展，催熟了一个又一个住宅扎堆、功能相对单一的“新城”，在广州人的口中，它们被称为“睡城”。

住在“睡城”的人，做着中心区的梦。每天，他们搭乘楼巴、地铁穿过拥堵不堪的道路，像生产线上的零件一样被运送到中心区，晚上又被运送回家。当面临子女教育问题、养老问题时，他们又要挤回市中心。

随着广州新一轮撤市设区，增城、从化升格为城区，一个新的“大广州”冉冉升起。“大城梦”的大幕徐徐开启，“睡城”迎来转型升级的机会。

回顾番禺撤市设区十几年来的发展历程，我们不禁要问：在新一轮地产狂欢中，新设区的增城、从化是否已经准备好为“地产造城”带来的后果接盘?

“睡城”安放的，不应仅是“白丁”们拮据的现在，更应承担他们梦想的未来；筑梦“大城”，也不仅仅是建筑房子，而应为城市的未来建筑更多。

无解的拥堵

8点，陈定站在等楼巴的长队中间，前面有人掏出手机拍这超过百米的“长蛇阵”，陈定一看便知：“少见多怪，新来的。”陈定居住的雅居乐小区是番禺区著名的超大型楼盘。像这样人口过万的小区，番禺区有数十个。这样的区域被冠以一个形象的称呼——睡城，千千万万个像陈定一样的广州人，他们工作消费娱乐都在中心区，每天大量时间堵在路上，清晨出发，星夜归家，只是“睡在番禺”。

早晨，上千居民汇集在雅居乐的车站，等待开往中心区的楼巴。看见楼巴远远地开来，人群就像被无形的鞭子驱赶一般向前涌。在高峰期的时候，陈定通常要等两趟楼巴开走才能上车。他一上车又继续玩手机，路上要站40多分钟，在终点站体育西路下车后，他还要步行20分钟才能到达单位。加上等车的时间，陈定每天有将近3小时花在交通上，但他说自己早已习惯了。

每天，陈定和番禺区数十万居民一起，挤上通往中心区的楼巴、公车或地铁。在广州这座城市，每天都上演着“春运”式的人口大迁徙，给道路交通带来了极大的负担。

相对于陈定的“淡定”，在天河商圈某国企上班的王海显得像个“愤青”。今年，他即将搬离番禺丽江花园，而他搬家的原因，竟然是新光大桥免费通行。

“我早就说新光大桥一免费肯定大塞车！”王海说。他2006年开始在丽江花园居住，后来还换过一套望江的大三房。本来觉得这种“面朝大海”的生活挺惬意的，每天开车走新光大桥上班也只需20分钟。但新光大桥一免费，车流量骤增，现在每天过桥就要20分钟。

“许多车主宁愿每天多花十块钱过桥，政府决策的时候没有真正听民意！”王海抱怨说。在多次上网发帖抱怨后，王海宣布自己无法忍受拥堵，决定搬到居住人口少的萝岗区。

8点15分，在位于天河南一路的广州市交委交通信息指挥中心，主任刘兵打开交通信息仿真系统，发现番禺区进入市中心的几条主要通道中，洛溪大桥行车缓慢，新光大桥行车缓慢，只有收费的华南快速路相对通畅，但一下快速路，还是会在黄埔大道出口形成拥堵。

当番禺区车流与海珠区车流在广州大桥和猎德大桥会合时，道路便成了一锅黏稠的“粥”。早上8点至9点早高峰时段内，广州大桥车速仅有15公里／小时，在交通仿真图上，广州大桥变成了象征严重拥

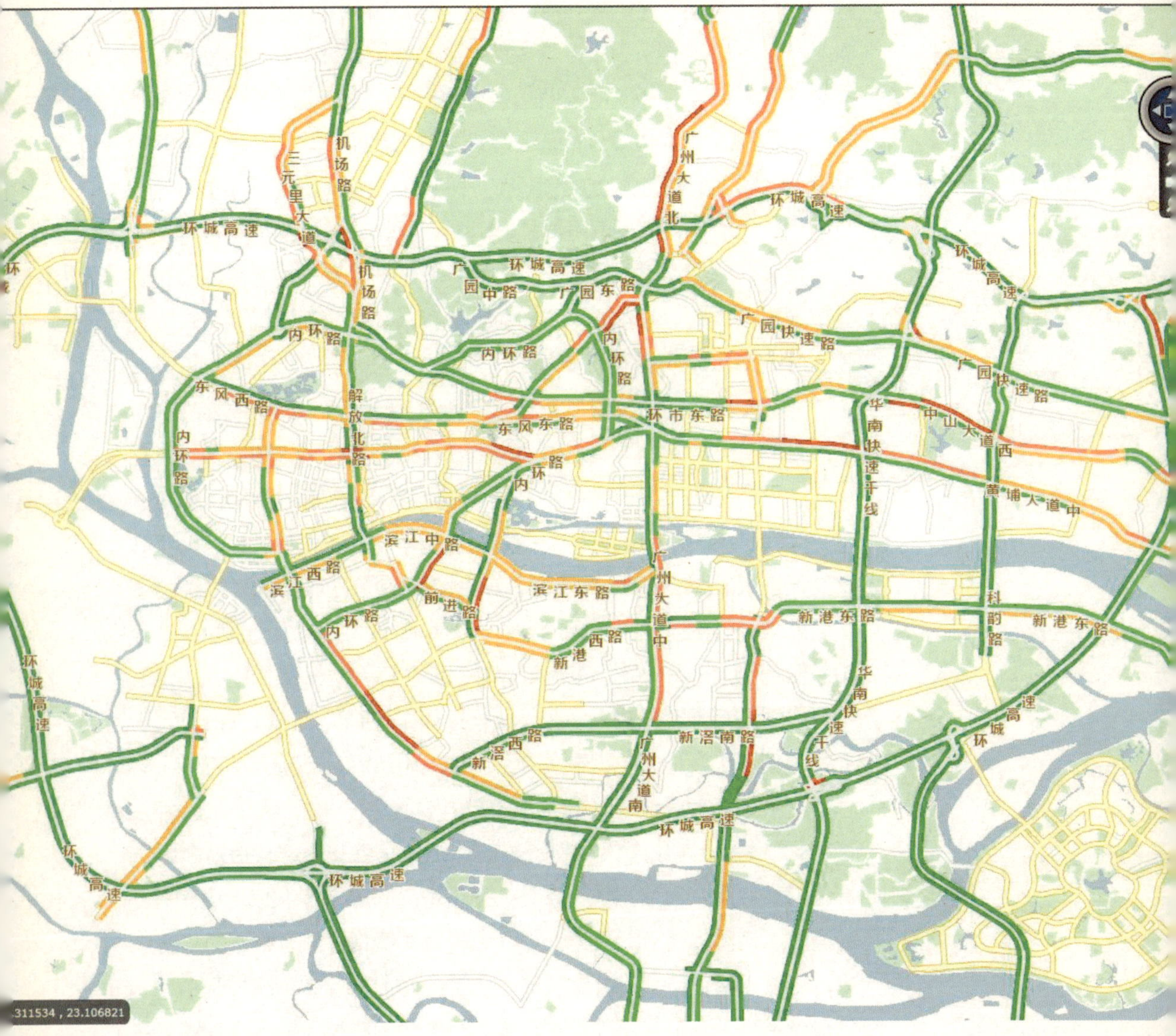

▲早高峰时段城区交通状况图

堵的红色。

“早高峰南往北方向拥堵，晚高峰北往南方向拥堵，晚高峰比早高峰拥堵情况更严重。”刘兵指着实时仿真图说，其实不单番禺进城通道，白云大道、黄埔大道，甚至路面宽阔的广园东路也出现了明显的潮汐情况。

广州市交委一位相关负责人说：“广州的商务办公区集中于天河中心和越秀中心，早晚高峰交通潮汐现象在东西南北各个方向都不同程度地存在。不论我们采取何种交通治理措施，取消多少黑点，只能把拥堵平均化，而不能解决拥堵。”

关于读书这件大事

如果说交通拥堵的烦恼可以通过“意志力”解决，教育问题就无法让人“淡定”了。

陈定于2013年底当上了爸爸，孩子目前刚过百日，他却已经开始焦虑上学问题。和许多番禺区超级大盘的情况一样，数万人居住的广州雅居乐小区教育资源严重不足。该小区只有两所幼儿园——公立的玉湖幼儿园和私立的雅居乐中英文幼儿园。玉湖幼儿园学费为1710元/月，属于广州市财政补贴的普惠性幼儿园；而雅居乐中英文幼儿园一年学费高达四五万元。公立幼儿园一位难求，私立幼儿园学费又高得吓人。当初陈定在雅居乐置业，最重要的原因是房价便宜。为了在房价上省钱，却没有算教育的账。在公办教育资源配给不足的番禺区，很多业主都是靠私立学校解决孩子上学难问题。顶着“中英文”“实验”等五花八门的名号，不少楼盘私立学校收取高昂的学费，教育成了许多番禺区家庭肩上沉重的负担。

居住在祈福新村的刘晓翼有一个幸福的二孩家庭，但同时他的教育烦恼也是加倍的。从长子三岁起，他就开始焦虑上学问题。

祈福新村原来只有三所私立小学，僧多粥少。刘晓翼曾经去观摩祈福中英文实验学校的报名盛况。招生日的前一天，家长们就拿着大小板凳到学校门口排队，有的人甚至把帐篷、睡袋也搬过去，晚上就住在里面。只有排在队伍前面100来名的家长才能顺利申请到学位，每年都有2／3的家长失望而归。尽管祈福中英文实验学校的学费高达8万元／年，但报上名的家长无不欢天喜地、额手称庆。

刘晓翼家庭年收入30万元，在广州属于标准的中产，但他却难以支付孩子的学费。

去年，刘晓翼的长子终于要上小学了，已经准备“且交且珍惜”的他，却被天上掉下来的馅饼砸晕了。番禺区政府在祈福新村新建的公立小学——毓秀小学突然在开学季之前招生，刘晓翼幸运地申请到学位，终于结束了长达五年的焦虑。可是，随着幼子的降生，他将再次面对幼儿园报名的问题。

与刘晓翼相比，陈晗一家算得上“有钱人”。她并不为学费发愁，却对中心区的“名校”有一种特有的“偏执”。

陈晗的丈夫是广州某大型国企的高管，2005年，他们夫妻在番禺某大型楼盘花130万元购买了一套200多平方米的“大平层”。陈晗对她在“番罗旺斯”（番禺的戏称）的生活非常满意，这里空气清新、环境优美，丈夫下班早的话，晚饭后他们喜欢在小区里散步。夫妻俩本来不打算要孩子，可是人将不惑之年，突然对没有孩子的生活产生了恐惧。

孩子的降生彻底转变了陈晗的生活。夫妻俩非常重视孩子的教育。他们搬出了番禺的“豪宅”，回到在小北路的旧房子。那套房子实际上是陈晗单位分的一套公房，楼龄30年，仅40多平方米，一房一厅。狭小的客厅只能放下一张沙发、一个柜子和一张饭桌。不吃饭的时候，他们就把折叠饭桌收到沙发背后，挪出两平方米的空地让孩子在地上玩。

陈晗坦言，许多人都不理解他们的生活方式，可是据她所知，不少人已经这么做或准备这么做。他们宁愿放弃郊区的大房，一家人挤在老城区逼仄的旧房子里，只为了换取一个名牌学位。“这套房子有小北路小学（广州著名的小学）的学位，孩子是最重要的，我们大人可以忍一忍。”

最近，一则房地产广告引起了刘晓翼的注意，广告文案用夸张的语气写道：“买学位房还在看老东山？Out（过时）啦！”广告引用相关数据称，2012年番禺区教育经费投入排名全市之首，该年度番禺区教育经费投入1923万元，远高于越秀区的668万元。

来自番禺区教育局的统计显示，番禺区目前共有中小学188所、幼儿园277所，规模数量在广州12区市中仅次于白云区。近年来，番禺区重点抓“高位均衡”：义务教育方面，全区141所义务教育阶段公办学校100%达到规范化标准；学前教育方面，全区有公办性质园84所，占比30.3%；高中教育方面，全部是省级以上优质学位，其中5所国家级示范性高中提供的学位占总数近60%。

但刘晓翼坦言，数字与实际感觉出入较大。“即使是没有老城区情结的外来新移民，当孩子成长到初中阶段后，还是会想尽办法让小孩回到老城区读名牌中学。一是因为番禺的学校品牌不够响亮，二是因为番禺好的学位本来就不多。”

▲2009年，海印又一城内即将开业的山姆会员店。冯宙锋 摄

▶番禺繁华的大北路。冯宙锋 摄

地产双刃剑

睡城，说到底是房地产造城。多年来以房地产为支柱的产业结构，不仅改变了人们的生活，更深刻地影响了整个经济生态。

周六，在位于番禺迎宾大道旁的沃尔玛山姆会员店门口，进入卖场的小汽车在停车场入口前排起了长队。

由于某种历史原因，全球零售业巨头沃尔玛在进入中国将近20年后才来到广州。2009年10月27日，沃尔玛在广州的第一家店——位于番禺迎宾大道的“山姆会员店”正式开业。开业当天，时任美国商务部部长骆家辉亲自飞到广州来为广州第一家沃尔玛剪彩。

曾经参与番禺山姆会员店筹备的Alex对当时的情形记忆犹新。当时沃尔玛在广州选址，最终从海印集团手里拿到了番禺华南板块的一块地。当时番禺华南板块还没有一家大卖场，却被华南碧桂园、祈福新村、雅居乐、星河湾、锦绣香江、南国奥园、华南新城等超级大盘包围，服务范围内居住人口过百万。

沃尔玛非常兴奋，他们认为番禺区聚集了大量消费力强的中产阶级，简直就是一个大金矿。最终，沃尔玛进入广州的第一个项目不是普通超市，而是定位中高端消费的“山姆会员店”。

“山姆会员店”主打进口食品商品，价格自然比普通商品贵了不少。要进入山姆会员店购物必须办理会员卡，并且每年支付100元会费，这对习惯了低价策略的中国人来说是个重大挑战。

可是位于番禺迎宾大道的这家“山姆会员店”却在短短一年后就实现了盈利。Alex说，这说明公司最初的市场判断是非常准确的。时至今日，这家内部编号4801的“山姆会员店”依然是中国境内盈利状况最好的店。“连上海的‘山姆会员店’都没盈利。”Alex说。

短短数年，当年的“商业不毛之地”番禺华南板块如今集中了万达、奥特莱斯等多个大型综合体，番禺成为广州商贸业发展最快的城区之一。

Alex认为，从2000年开始，番禺区通过“地产建城”聚集了大量具有消费力的中产阶级。经过十几年积累，人口规模带来的优势已经显现，因为现代服务业最需要的就是人气和活力。“番禺是目前广州最适宜发展商贸、旅游、文化等现代服务业的区域。”

也有人对番禺的产业发展环境持不同看法。

2013年，湖北人刘军准备在番禺南村一带投资建设一家净菜加工厂，最终因为贷款难、人工物流成本高等原因，项目流产。刘军说：“我们做中小企业的人感觉到，这几年番禺的中小企业一直有外迁的趋势。”

刘军认为，房地产带来的高收入、高GDP在一定程度上减弱了当地政府扶持实体经济的热情。他举了一个例子，番禺很缺少政府规划的专业产业园。

十几年房地产的狂飙突进，给番禺套上了土地的紧箍咒。目前，番禺是广东省少有、广州市唯一的用地规模“减量规划区”，该区建设2020年的用地指标2012年就已用完，还超标了5.4平方公里。因此，一些项目进展非常缓慢。包括广州重大战略发展平台——广州国际创新城和广州南站启动区都面临缺地问题。规划面积75平方公里的广州国际创新城土地缺口达8.5平方公里，广州南站启动区规划面积36平方公里，用地缺口达13平方公里。

2013年，在市领导苏志佳参加的番禺区企业座谈会上，11家与会企业中有8家反映了“用地难”问题。广汽乘用车公司负责人表示，该公司产能扩建项目配套用地目前仍未能提供。

南方民间智库副主席、广东省体改会副会长彭澎直言，番禺如今用地紧张是“自食苦果”。番禺过去房地产建设用地过多，常常被市里批评没有节约、集约用地。

让“睡城”飞多久？

每个周末，天河城南门总是聚集着许多看房团团友。4月12日这个周六，林骅聪和他的女朋友坐上了开往增城的看房团大巴。短短一天时间，他要跑遍顺欣花园、锦绣天伦、新塘新世界这三个大盘。

林骅聪今年准备和女友结婚，因此他们亟须一套婚房。林骅聪注意到，看房团中绝大多数是25—35岁的意婚情侣、新婚新育夫妇。售楼处十分火爆，售楼小姐最后“善意”地提醒说，2月传出增城撤市设区的消息后，增城很多楼盘均价应声涨了一两千元，未来持续看涨。然后，她就撇下林骅聪去接待其他客户了。

在回天河市区的路上，不少团友累得睡着了。林骅聪把手里的资料又看了一遍，他对最后看的新塘新世界这个楼盘最感兴趣。尽管增城距离市中心有一小时车程，但他坦言自己喜欢那里优美的小区环境，更重要的是，他能支付得起首付。

林骅聪从事电子商务，年收入在15万元左右，未婚妻收入一般。他看中的一套86平方米的两房，总价98万元，但由于增城限价，该楼盘把超过限价部分的房款打入“装修款”。“装修款”加上首付，林骅聪要一次性支付30万元，而他手头只有20万元，剩下的10万元还要找亲戚朋友借。

对于未来的教育问题，林骅聪不太担心。小区配套有一所实验学校，尽管是私立的，但他认为“孩子教育主要看家长，不读名校也没关系”。交通问题他更不放在心上：“将来买车就好了。”

实际上，大多数选择在郊区安家的年轻人都有类似的想法。但是当真正有了孩子，他们又禁不住要折腾学位房，因为家长们“不想让孩子输在起跑线上”。

增城已经逐渐取代番禺，成为广州刚需最热的地区。随着增城撤市设区，这一板块的房地产热度正在急速升温。

2014年前两个月，增城一手商品住宅成交面积为37.08万平方米，占全市（含增城、从化）总成交面积的27%。2013年全年，增城占比约为25%。对于一年有过千万平方米成交量的广州楼市来说，两个百分点就意味着20多万平方米。业内人士很有信心地表示，增城一手住宅市场未来的成交占比还会上升。

2014年3月26日，增城举行设区后的首次大型土地拍卖会，众房企展开激烈竞争，出让的5幅住宅土地，最终有3幅的楼面地价突破

▲广州增城凤凰城销售中心。冯宙锋 摄

4000元／平方米。而在2013年12月，增城设区前的最后一幅住宅土地出让，其楼面地价不过是1617元／平方米。

“我举牌举得手都酸了。”广州某房企负责人经过多轮竞拍，终于拿下心仪地块。“增城朱村板块未来将会开通地铁21号线，又有教育城的利好，这里的房子卖出8500—9000元／平方米的毛坯价根本不成问题。地价确实涨了很多，但是从前景来判断，每平方米4000多元的楼面地价还是捡了便宜。”

广州市2014年土地公开出让计划显示，老牌“睡城”番禺2014年计划出让居住用地11宗，面积仅0.27平方公里，番禺似乎正在告别“大盘时代”。

而增城已成为急速蹿升的新“睡城”。2014年增城区计划出让居住用地13宗，面积1.17平方公里，居全市之首；与此同时，增城计划出让商服地块6宗，用地面积0.27平方公里。

增城、从化的地产盛宴已经开场，在这场资源与资本的盛宴中，以往困扰“睡城”的问题似乎暂时无暇顾及。

2014年4月14日，广州阳光家缘网数据显示，增城有7997套新房在售，还有15458套房子在建。23455套房子，意味着23455个家庭，新增人口7万多。面对爆发性增长的人口及其带来的教育、医疗、交通等问题，沉浸在地产狂欢中的增城准备好“接盘”了吗？

地铁13号线、21号线会不会成为另一个“挤怀孕”的“三号线”？数十万新居民涌入增城、从化，教育医疗等公共服务配套能否跟得上？无节制的“卖地冲动”和粗放的“地产建城”，会否挤压其他产业发展的空间？

“睡城”的故事还没有结束。

撰文／曾妮　吴丹　吕政桦

访谈：城市化需要增量质量并重

广东省政府参事、省委党校教授　陈鸿宇

2000年以来，区划调整和“东进西联南拓北优”规划方针的提出，推动广州进入了“造城时代”，外有番禺睡城，内有珠江新城。

自彼时起，对于“造城”的检讨就从未停止。在广东省政府参事、省委党校教授陈鸿宇看来，广州“老城区住得不舒服、新城区住得也不舒服”，单一求新、求大、求GDP的政绩观，以及经济生活中活跃着的“政府—银行—开发商”铁三角，是造成“睡城”的根本原因。面对新一轮行政区划调整带来的造城热、买房投资热，政府要保持足够的理性，预防新睡城的产生。

陈鸿宇

过去的发展理念需要改革

南方日报：2000年番禺撤市设区后，番禺进入了房地产狂飙突进的时期，十几年内，番禺区涌入40多万人口，但其较为单一的居住功能带来了许多问题。“睡城”形成的深层次原因是什么？

陈鸿宇：你们要讲故事，我也先来讲一个故事。我老家汕头市的市中心，有一大片骑楼，其中包括30多条骑楼街，这在中国是仅次于广州的骑楼建筑群，相当漂亮。你别看这些骑楼外观上很可爱，实际上，里面居住条件非常差。我有一个老工友就住在那一片，过年我去看他，房子黑糊糊、脏兮兮的，没有厕所，只能到外面去上公共厕所，汕头市的新城区建了一大片，老城区只剩下很穷的本地人和一些外来人口居住，甚至变成了仓库，就像我们西关一样，看着漂漂亮亮的，实际上本地人住的很少。

这个故事跟广州有共通之处，说明了我们城市建设中的通病——喜新厌旧，只追求量的积累，而不注重内涵提升。为什么广州老城区住得不舒服，新城区住得也不舒服？因为没有解决好存量、增量、质量的问题。说到底，这个问题的核心就是——我们需要怎么样的城市化？

睡城形成的深层次原因，第一条就是城市化理念有问题。我跟你说的这个小故事，就体现了“喜新厌旧、见新弃旧”的大规模拆建，这种理念是不对的。我们的领导热衷于搞新区。为什么呢？因为只是看到增量，认为只有建新的楼、增加有效住房供给，才能改善老百姓的住房条件。盖新城、建新区是应该的，但是走向绝对化就不对了。这种理念的背后是被扭曲的政绩理念。只考虑城市的新城区扩大多少倍，每年增长百分之多少，盖了多少新的楼房，没有考虑他们居住的质量问题。所以它还是一种数量城市化，而不是质量城市化；它只是简单人口增长的城市化，而不是讲究公共服务、生活质量的城市化。

政府、开发商、银行形成“铁三角”

陈鸿宇：“睡城”形成的第二个深层次原因，就是有经济上的冲动。我们过度追求所谓的规模经济、规模收入，这种规模是粗放的规模，不是集约的。政府要有政绩，地要整片地卖，开发商要整片地买；开发商要节约开发成本，楼要整片地盖，这样才有规模收益。

你去看看番禺华南板块那些超级大盘，居住人口在十万以上的就有好几个，一个祈福新村有12万常住人口，碧桂园占了一整片山，星河湾占了半个岛，还有雅居乐、锦绣香江……你走遍全世界也看不到这样卖地建房的。为什么这样？给你举个例子，我有个亲戚住在凤凰城，从他们那个小区大门进去，开车要开20多分钟才到他住的那栋楼。这么大的一个小区，只有一块中心绿地，小区规模大，配套可以集中起来搞，集中起来有收益嘛，本来要盖十个会所，规模大了，它只要盖2个会所就行了。所以开发商大面积地向政府要地。这种开发肯定是以降低公共服务配套的质量为代价来完成的。这和老城区的开发，跟自然生长的城市是不一样的。从规模开发中，政府也可以省钱，学校、医院还有各种公共服务都让开发商去做，政府就省事了。但居民的教育、养老、人际交往的基本权利都没了，生活质量也被牺牲了。

中国的经济生活中有一个“铁三角”：政府—开发商—银行。铁三角的关系很简单，起点是政府要政绩，要搞工程，搞开发，钱不够花怎么办？卖地给开发商，开发商拿到地再去向银行贷款，同时政府也通过融资平台从银行那里拿钱。政府就两手：一手是搞土地财政，一手是融资平台。所有的循环就是这样造成的。而在这个铁三角中牺牲的是什么呢？牺牲的是实体经济，这个铁三角自体循环就搞完了，其他市场主体沾不上边。而且有了一点钱的企业家，他马上也会去搞房地产，加入到这个铁三角中去。

同时，这种经济增长模式牺牲了民生，牺牲了老百姓的利益。在这个过程中没有老百姓的事了，而且我给你什么，你就要承受什么。就是它搞了一大片，弄很好的房子，其实它牺牲的是老百姓的居住质量。

大规模的房地产开发，开发商是很高兴的，政府也很高兴——房子一卖出去，GDP刷刷地涨了，税收哗哗地来了，但实际产生的机会成本却由民众和实体经济来承受。第一条，由于就业区和居住地形成了空间上的分割，交通的成本就要由民众和政府共同承担，虽然政府卖地赚了钱，但是在教育、交通、医疗这些公共服务配套上的投入可能更大。第二条，尽管政府花了很多钱去修地铁，修桥，可是老百姓还是骂，因为交通再便利，也取消不掉空间上的绝对距离。住在“睡城”的人，每天早上6点多就要起床，晚上回家赶紧睡觉，为明天的生活积蓄体能，和家人散步，跟朋友交往的时间都被压缩了，没法带小孩，没法跟家人沟通，只有周末是属于自己的。这些都是机会成本，由老百姓支付了。为什么这样？由于有理念上扭曲的政绩观，总讲新比旧好，大比小好，有这样的想法就麻烦了，整个经济摆脱不了谋求GDP发展。这就是我想说的，为什么产生睡城的原因。

过度追求功能分区造成失误

南方日报：通过新一轮行政区划调整，萝岗和黄埔合并成新黄埔区，增城和从化撤市设区，广州想打造出一个“大广州”格局。我们看到，以往几轮行政区划调整下来，广州就已经很大了，有人形容成“摊大饼”，但城市规划和目前的经济发展方式能否驾驭“大广州”这个宏大命题？规划上有没有什么需要检讨的问题？

陈鸿宇：这就讲到睡城形成的第三个原因，规划的原因。我们过度追求功能分区规划。这也不能怪规划师，他们搞规划有规划的原则，然后某一方面的规划原则迎合了不懂规划只要政绩的领导，一拍即合，于是规划某一方面的效应就被不恰当甚至灾难性地放大了。整一个小谷围搞成了大学城，不考虑其他配套的问题，不考虑服务业的发展问题，不考虑其他产业，只是住大学生。整个华南板块，他认为这一块发展居住是最理想的，不留下空间给别的产业。整个萝岗，搞成高大上的工业新城，不考虑生活——有人口集聚，没有产业集聚，或者只见工厂不见人，相互脱离。一个成熟的城市是有城、有人、有产业，而不是说只有产业集聚没有人口集聚。

这类事情在新加坡是不会出现的。新加坡的租屋区规模也很大，100多栋房子，几千人到上万人，但他们规定，开发一个租屋区就要配套一个中型或者小型的工业区，更不要说生活服务设施了。法国很多城市都有老城区，像个土豆一样被保护起来，周边就“长”满了新城。可是在老城区里也会有工商区和住宅，不论住在老城还是新城，你都可以在附近就业。而你在广州番禺的华南板块就很难找就业机会。

现在追求规划严谨、规划原则，过度追求这种功能分区是不对的。我提倡新型城市化应该是“夹工夹农夹三产、夹城夹镇夹村落”，但在规划师看来，这样很乱，没水平，要搞就搞一个大规模的新区。

要防止出现新的“睡城”

南方日报：归根结底，“睡城”的问题还是城市化理念的问题。借着新一轮区划调整，打造“大广州”格局的契机，您认为广州应该如何刷新城市化理念？

陈鸿宇：城市化是人口和产业的双重集聚、双重扩散。特大型城市的城市化进程一般要经历三个阶段：第一个阶段是人口和产业向中心集聚；第二个阶段是人口和产业向外围扩散；第三个阶段是人口和产业在更高层次上进行集聚。广州的城市化还停留在第二个阶段，而且只走了半步，人出去了，产业没有出去。

广州市的问题就是人口扩散后，产业没有扩散，就形成了有产业没人，有人没产业，不配套。现在要解决的问题是在华南板块、广州科学城实现人口和产业的双集聚。改善“睡城”，其实说白了就是不要让它只能睡觉，还要就近解决就业。他们老说要通过改善交通，其实即使完全不堵车，从华南板块到市中心来回也要两个钟头。中心区的服务功能和产业必须向外扩散。

但老实说，现在的华南板块好像有点积重难返，该用的资源都用掉了，地都卖出去了。在这种情况下，政府的统筹就至关重要。番禺市桥、莲花山、旧水坑一带都有一些早期的乡镇企业和街道工业园区，能不能通过三旧改造腾挪出一些产业发展空间，同时改善当地的营商环境。但是我不同意由政府征地去推动改造，最好的方式是政府做好规划，土地留给村集体，改善当地村民的生活水平。

南方日报：增城和从化“撤市设区”后，牌子还没挂，房地产就已经扶摇直上了。增城和从化会不会形成新的“睡城”？

陈鸿宇：增城楼市火爆，说明广州老百姓还真不怕睡城。因为主城区的房价太高了，老百姓宁可生活质量下降，也愿意接受现实，因为要首先解决住房问题。购房是一个经济行为，经济行为有理性的也有不理性的，不理性的是什么呢？很多人是趁着“撤市设区”这个题材投资炒作，在这个过程中，购房者、开放商和政府都要理性。广州市是一线城市，但不是所有地段都是一线的，如果楼房供应过剩，就会影响稳定。

增城和从化还不能一概而论。增城未来产业的发展是比较有前景有规模的，但还是以居住为主吧。从化受生态制约，创造不了更多的就业机会，可能会创造一个睡城出来。

数据

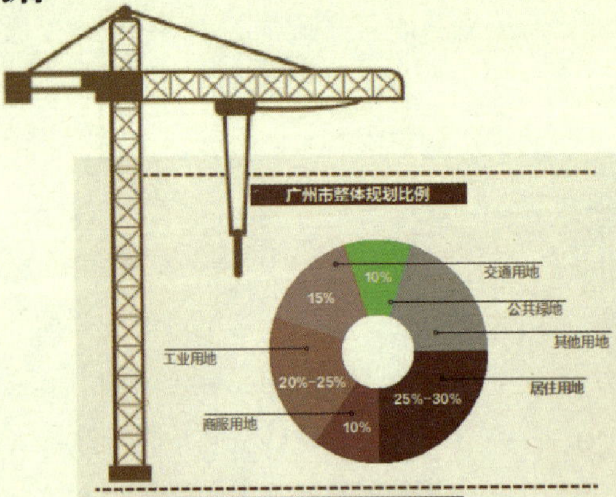

广州各区2010—2014年推地计划数据分析 （单位 平方公里）

中心六区	
居住用地	8.10
商服用地	6.93
工业用地	5.49

	居住用地	商服用地	工业用地
花都	0.95	2.37	6.98
番禺	2.61	3.48	7.89
南沙	2.24	1.17	8.22
萝岗	5.13	2.13	7.14
白云	1.55	2.68	3.76
从化	1.46	1.46	1.31
增城	2.04	0.55	1.04

注：从化、增城数据为不完全统计

番禺五年推地计划变化

	居住用地	商服用地	工业用地
2010年	1.23	0.74	4.85
2011年	0.66	0.81	4.85
2012年	0.35	0.33	0.53
2013年	0.1	0.56	0.64
2014年	0.27	1.04	0.19

从番禺五年推地计划的数据变化可以看出：政府已经意识到了番禺成为睡城的困境，正有意识地减少居住用地的推出，增加推出商服用地，番禺的睡城定位未来有望改变。

第二章　老城区：骑楼下的守望与重生

广州城市记忆地图
The Map of Guangzhou Memory
历史记忆
清代城门

在许多人的印象中，广州的老城区是宁静隽永的。几里长的骑楼延绵而去，一座座紧紧挨着的红砖灰瓦建筑，是旧日的温情与繁华。

印象中的老广州是充满温度的，是闲适从容的。但是，有多少次，你只是从风景画和专题片中看这样的老城？有多少人，会从北京路转入那些不知名的小巷，去了解老城逼仄的生活环境；有多少人，会绕过沿江路那排辉煌的民国建筑，去留意老城区成片的专业市场？

旧城改造和产业升级，看似是老城区面临的两大课题，实则是一个问题的两面。今天，广州的老城区看上去依然充满活力，但在局部地区，随着城区老化、产业劣化、公共服务配套不足，居民纷纷离开，留下“空心楼”和低端产业。

老城区繁华的表象背后，是日渐老去的人群，是提升乏力的业态，是顽固坚守却日渐模糊的文化。但就是这日渐老去的城区，以最大的宽容容纳着依然需要它的居民，以最大的坚持应对着时代的巨变。

老城区的辉煌与涅槃，是每一个广州人都需要去读的一本书、一首诗、一段情。

老去的居民

每天早晨，黄玉老人总是在北京路店铺卷闸门开启的声音中醒来。新民路紧挨着北京路，从她家的窗户就能看到北京路口的健民药店。这样的地段，可谓广州真正的“黄金路段”，黄婆婆也说，她的房子至少4万元一平米——如果征地拆迁的话。

4万元一平方米的房子，现在既没人卖，也没人买，更奇怪的是少人住。这一片紧挨着北京路入口的居民楼是新华书店、电信局的居民楼，现在大部分职工已经不在这里住了，原因很简单——住得不舒服。

黄玉老人卧室的窗户下就是北京路“京保餐厅”的厨房，这家门面极小的餐厅以其萝卜牛杂而闻名羊城。但黄婆婆很讨厌它，“每次一炒辣椒，就呛得受不了。”北京路周边那些商业大厦的高亮探照灯在晚上彻夜通明，也非常影响黄老人的休息。即使在最热的夏季，她也必须把窗帘拉得严严实实才能入睡。

这栋楼已有30年楼龄，现在许多设施都老化了。有几次卫生间的污水管堵了，下面的污水涌上来，整个卫生间都是臭粪，清理花了好几天，气味散去要整整一周。

黄婆婆当年的工友大多搬走了，旁边的邻居把房子装修了一下出租给外地打工者。黄婆婆这套两室一厅现在只有她一人居住，六七年前，小孙子在吉祥路小学（现回民小学）上学时曾跟她住过一段时间，孙子一上初中，儿子儿媳一家人就搬走了，只剩老人独自守着北京路的喧嚣。

新大新公司西侧，与北京路一墙之隔的昌兴街是另外一番天地：街宽不到两米，沿街两边房屋主要以岭南旧时的建筑为主，多是三四层木砖混合的房屋，斑驳老旧。一楼沿街房子多设为铺面，经营杂乱不一，有小餐馆、小士多、牙科诊所等，有的老房子被改造成仓库，临街二楼的衣服杂物横挂在街道的行人道上方。

这种繁华一去不复返。在昌兴街4号住了十几年的区姨，指着自己一家三代四口人住的16平方米的代管房说：“现在但凡有些积蓄的广州人，只要买得起商品房的，都不会住在这里了，40多平米的房子间隔成三间，三户人家住。里面常年闷热或湿冷，只要不下雨，一般都不在室内呆着。”

沙面，这个昔日广州领事馆区被称作“万国建筑博览会”的小岛，是游客到广州的必游之处。许多人在游览沙面时心里多半都会问一个问题：这些漂亮的建筑现在还有人住吗？住在里面的人是不是很有钱？

◀75岁的黄伯住在沙面台湾银行旧址处一间四十多平方米的房间。张由琼　郭智军 摄

报社退休记者霞姐在沙面已经住了20多年，尽管沙面的环境优美，但老房子住起来并没有看上去舒适。有着近百年历史的民国老宅子门窗细窄，夏天闷热，如果不开空调在里面根本无法睡觉，过道走廊里还要经常备着蟑螂鼠药。房子连独立卫生间都没有，上厕所要穿过一条黑黑长长的走道。

光复中路、十三行路、恩宁路、人民南路、洪德路……这些广州最美的骑楼街，二十年来，居民在不断搬走。这些民国时期有钱人的私有房产，现在大多数已经变成政府“代管房”，住在里面的人越来越少。

媒体人杨娓说，没有在这种老街区住过的人，不会知道老城区的困境，也不能真正理解广州人。

2003年，为了大学实习来到广州的杨娓，经亲戚介绍寄住在海珠区鹤洲直街一位下岗女工明姨家里。明姨所住的房子就是政府分配的“公房”，那一带全是建于民国的民宅，门口有岭南特色的趟栊门。明姨丈夫早逝，自己下岗在家，还要拉扯一个7岁的孩子，每个月只有两百多元低保，买猪肉只能一两一两地买。在鹤洲直街一带，当时居住着许多像明姨一样贫苦的广州人。

可是杨娓发现，她们每天都很快乐：谁要出门没法带小孩，跟隔壁说一声就行；每周，邻居们都会相约去爬白云山；小巷里的早茶店，点心只要两三块一笼……如今，鹤洲直街那一带已经被开发商夷平，变成了一处临江的高档住宅区，一同消失的还有当年的老居民和老城深处的宗祠和名人故居……

在研究城市经济的学者看来，老城区居民的老化和消费力人群的迁移，预示着“局部空心化”的产生；在规划专家看来，旧街区亟待升级改造；在杨娓看来，明姨和那些留守在老城区的人身上保留着老广州人随遇而安、安贫乐道的天命精神，而老城区是他们最后的避难所和精神家园。

当然杨娓也知道，安贫乐道现在已经不流行了。时代如鹤洲街外的珠江般一刻不停往前走，被落下的注定被淘汰，这些事没有感情可讲的。

纠结的专业市场

变幻的霓虹彩灯投影在水面上，涛声灯影中的珠江，这是夜广州最温婉的风景。

游船经过沿江西路，珠江夜游的高潮便到来了。在每一艘游船上，游客们都会争相站到船头，而广播女声此时会充满诗意地解说：在船头的左边是爱群大厦、南方大厦……

射灯把水泥建筑的身影映照得恢弘巍峨，浑然一派十里洋场的气度。船上的游客或许不会注意到，沿江路那些辉煌的建筑下，很多铺面的灯都关着，只留下黑洞洞的寂寥的窗户。

如果是晚上沿着沿江西路散步，你会发现这条最能代表老广州民国风情，被誉为广州“外滩”的马路，沿街的商业十分凋敝。除了少数几家快餐店、西餐厅和士多店，以及凤毛麟角的酒吧，这条路上几乎没有什么商业。即使在高峰时段，这些店铺也是光顾者寥寥。

沿江西路的背后则是另外一番景象。西至康王路、东至解放路、南至沿江西路、北至中山五路、中山六路的区域，是昔日广州的商业中心，最繁华富庶的所在。这里曾经诞生“银钱堆满十三行”的传说，连绵不断的骑楼洋房就是昔日繁华的证明。但今天再走进这里，你会发现这里已经成为电子元件、五金配件等专业市场的汪洋大海。

解放中路陶街是一条历史悠久的老街，其得名是为了纪念明代的陶成、陶鲁父子，然而今天它被老广州人所熟知，是因为这里的“电子一条街”。从20世纪90年代起，陶街逐渐成为新旧电子电器的集散交易市场，发展到今天，形成了以陶街为中心，范围包括解放中路、惠福西路、米市路、将军东路、六榕路方圆一平方公里左右的专业市场。

茂名人陈明和他的妻子在陶街上租了一个4平方米的小门面卖山寨手机。时值春季广交会，陈明的店经常迎来外国客商。一位阿根廷客商看中了他摊上的一个小手机，那个手机从背面看是一辆红色小跑车，正面则是直板手机。这样一个手机，陈明只卖130元，但客商在计算器上按了一个数目——100元，不懂英语的陈明无奈地抬抬手，意思是请客商高抬贵手放开手机。

陈明的妻子告诉记者，他们在陶街卖手机已经有四五年了。这样一爿小店，月营业额在七八千元左右，除去吃饭租房，陈明夫妻俩只有五六千元盈利。在陶街，有卖音响、电风扇、灯泡、电线、菜刀等各种电子元件和五金件的铺面，营业额高的一个月有一两万，少的只有一两千。

从陶街转入朝天路，这里的沿街铺面仍是各种电子元器件店；转入米市路，电子市场的品种似乎丰富起来，多了铆接机、电阻、LED发光件等各种配件；进入惠福西路，除了卖电子元件的之外，卖五金的多了起来；再从惠福西路进入海珠中路、大德路，从拉杆箱的脚轮，到各种工业陶瓷、特种橡胶，再到螺丝、磁铁、轴承……这里就是一个五金件的世界。

在惠福西路上，所有的五金店看上去门可罗雀，没有顾客的门面里，老板在算账，伙计们在忙着打包零配件。电白人陈泰林在这里开了一家五金店，主要卖螺丝，他店里的螺丝有数百种，如果客户有需要，他能调到上千种螺丝。

"生意不好做。这两年经济形势都不好，只能勉强维持。"陈泰林坦言，自己做五金生意已经有十几年了。当初做这行，是因为自己年轻时没有好好读书，又不想去工厂，通过卖五金，慢慢做起生意来。

从大德路进入上九路，这里就是闻名遐迩的"上下九"。广州人都知道，十多年甚至二十年来，上下九的商业业态几乎没有变过。临街的门面吆喝着T恤、衬衣，只是价钱从十年前的9元上涨到今天的19元。

与上九路相连的光复南路，街道两旁都是批发工装布料的店面，拖车轧过路面的声音震耳欲聋，这拖车声转入和平东路的男士衬衣一条街，又进入十三行路的服装批发市场，然后又来到了江边西堤二马路，回到了我们的起点一沿江西路。

◀南方大厦。严亮 摄
▶上下九的衣服摊档。高笑 摄
▼在陶街电器商铺挑选的市民。吴伟洪 摄

25
25
25

空心化的隐忧

北京路以南，一直延伸到沿江西路的这一片越秀荔湾老城区，如今已经被专业市场占领。在这里，从业者和居民已经“脱钩”，那些从事批发生意的老板绝大多数是外来人；在这里，你找不到广州随处可见的房产中介，因为这些房子大多是政府代管房，即使可以转租，也很少有人愿意住在这里；在这里，虽然一楼临街的铺面租金不菲，20平米的铺面月租两三万元，可物价却很便宜，因为住在这里的老居民消费力总体不高……

有些变化很早就开始了，只是很少有人指出来。广东省政府参事、省委党校原常务副校长陈鸿宇教授提出，广州老城区有空心化的隐忧。他对那些质疑其观点的人指出：“空心化并不意味着没人，其表征是城市资源流失、产业结构劣化、人口结构的老化和赤贫化。看老城区不能只看北京路、东风路、老东山，那些都是老城区最好的地方。可是如果你去看看北京路以西的广大片区，现在已经被与其级差地租不匹配的低端产业占据，空心化是无法回避的事实。”

并不是不想变。有识之士一直在呼吁旧城改造，可迄今为止旧城改造最成熟的模式就是房地产开发，这必然意味着大量文化建筑、历史遗迹的湮灭，这是热爱老城的广州人所不能容忍的，他们就连拆一栋骑楼都会心疼很久。

也有人关注老城区专业市场的升级改造，但这更是一个无解的难题。这些自发形成的专业市场一搬就死，而这片区域似乎也自动选择了现在的业态。一个经常被提起的例子是：南方大厦自1995年起就一直在亏损，负债率高达159%，2004年，南方大厦“自降身段”，由百货公司改为国际电子数码城，仅一年就扭亏为盈。

但陈鸿宇说，空心化最根本的还是城市老化造成的市民流失，失去消费力人群的城区，当然只能选择低端业态。

在老城区，有些市场确实在主动或被动地消失，有些改变在主动或被动地发生。

还有最后一周的营业时间，4月13日，大笪地B01档口的李老板和妻子赶在市场停业的最后一个星期，在自己经营了10多年的档口前搭起了临时摊位，将大量的床上用品——床单被褥和浴巾鞋帽等存货堆积在摊位前，1元一件、10元三件地甩卖。

位于广州荔湾区宝华路的大笪地市场，是广州典型的传统商贸市场之一。由于合同到期，业主方将收回该地块另作他用，这个陪伴了街坊近30个年头的大笪地商业市场于4月21日正式停止营业。在大笪地停业的消息出来之后的几个星期直至停业的最后一个周末，每天都有大量的老街坊从四处赶来淘货，一边是市场的清货、退场、平卖，一边是街坊的接踵而至，满载而归。

笪，音同答，如果你不是个地道的广州人，很可能不认识这个字。大笪地，在粤语里是“一大块空地”的意思，其实它也是香港的舶来词，泛指类似跳蚤市场的集市。

广州的“大笪地”形成于20世纪90年代初，当时是一些小贩在华林街周边的人行道上摆卖，渐渐成市。为了加强城市管理，当时政府部门将其逐渐规范，形成“大笪地”式集市。2000年，日渐兴旺的“大笪地”迁至长寿路、宝华路交界处的地铁站出口地块，形成日后的宝华大笪地商业城和华林商业广场，商铺、档位近700个。

对于年近50岁的老李来说，大笪地的关张撤场，让他有些措手不及，在过去近20年的时间里，大笪地的档口曾是他一家三口的经济来源，而如今市场就要关闭，老李担心自己恐怕又要回到20多年前一样

▲大笪地。高笑 摄

"做走鬼"。

大笪地市场管理处的老员工告诉记者，在大笪地近700个档口中，过半是"60后""50后"的广州下岗职工在经营，卖的都是"湿碎嘢（零碎物品）"，每月赚的几千块仅够糊口，但巴掌大的档口可能是这些叔姨们一家人的经济命脉。

土生土长的广州妹张晓兰对大笪地的停业甚感遗憾，在她看来，城市可以有高大上的购物中心，也应该有"平、靓、正"的平民集市。大笪地的存在，就是为底层民众提供了卖和买的选择。即使兜里没几个铜板，也能在这里买到"平、靓、正"的物品。

广州为什么留不住大笪地？就像前几年最后的灯光夜市关闭时引来大量怀旧网言一样，人们对这种旧时代市集般的氛围，留恋又唏嘘。

长期研究广州本土商业的第一商业网总裁黄华军认为，要把夜市当作商业文化来做，当今城市不缺MALL也不缺广场，真正能够像香港庙街、台湾士林夜市一样，把夜市做大做强了，便是这座城市的风情。同样，大笪地经营好了，也是一座城市的风情。

广州市一位高级官员曾私下对记者说，老城区的专业市场看似低端，实际上有着不可思议的创富能力和吸纳就业能力。发生在这些市场的交易，大部分没有纳入正规的国民经济统计，如果稍微认真一点收税，广州的税收至少增加几个亿。

老城区的守旧和怀旧、平易和包容、"低端"和繁荣，似乎是一个硬币无法分开的两面。也许我们能主动做些什么，也许我们无能为力，在变与不变的情理纠结中，时代一刻不停地往前走。

撰文／曾妮　陶达嫔

访谈：老城如何再造活力？

广东省政府参事、省委党校教授　陈鸿宇

陈鸿宇

有人认为老城区的种种“矛盾”现象是其“衰败”的迹象，也有人认为老城区人口、经济总量不断增加，依然充满活力。

有人认为老城区之所以让人喜爱，与其公共资源的高度聚集密不可分。而老城之所以让人存有抱怨，是不经意间常见的交通拥挤、城市面貌老化、业态老化、空间局促等问题。

老城区为何让人一边抱怨不断、一边乐此不疲？怎样化解老城区种种“矛盾”现象？又如何有效化解发展瓶颈，规避旧城老化，为老城区再造活力？

关于广州老城发展面临的种种现象与迹象，南方日报约请长期研究广东区域经济和城市化的省政府参事、省委党校教授陈鸿宇进行访谈。

陈鸿宇教授在广州学习、居住、工作了30多年，至今依然保持着时常背着相机穿行于广州大街小巷的习惯。在他看来，广州要探路新型城市化既要做好“乡的升级”，也要做好“城的转型”。既要把乡村地带的升级提作新型城市化的潜力所在，也要推动主城区按照新型城市化的要求转型升级，以更好地发挥辐射带动作用。

在他看来，在广州的城市空间布局战略中，“都会区”是龙头，是“心脏”，是两个新城区和三个副中心发展的支撑。目前，各个方面高度关注南沙新区和东部山水新城的建设很有必要，但似乎对都会区内各地域的性质、功能、定位、存在问题的关注度还不够，统筹引导和政策支持力度也还不够。

陈鸿宇教授建议，未来更应该着力推进城市空间布局战略的整体系统性的谋划，通过构筑都会区的高端城市功能，有效提升老城区的空间品质和环境品质，建立起都会区、新城区和副中心之间的有机关联和互相支撑关系。

【谈问题】老城“矛盾乱象”是显性问题，深层次是公共资源“不公平性”

南方日报： 一方面人们抱怨老城区的交通拥挤、业态老化、生活环境跟不上现代化等，一方面还是有很多人向老城区涌入，您怎么看待这样“矛盾”的现象？

陈鸿宇： 这些看似“矛盾”的现象只是显性问题，背后存在深层次的市场主体间和公民间“不公平”的问题，包括服务资源配置的不平等、社会身份的不平等、收入分配的不平等和发展机会的不平等。这四个方面的不平等造成了老城区的社会结构碎片化，使社会阶层之间的流动固化。这样会让老城逐渐丧失创新和创业的活力，从而损害城市竞争力。

即使都是在老城，也存在上述不平等问题。比如，有的地带聚集了相当好的医疗、教育等城市公共资源，有些地带则很薄弱，市民们关注的跨区中考学位、公立幼儿园的学位问题，其实就是服务资源配置的不平等。

南方日报： 怎样解决这些“不公平性”问题？

陈鸿宇： 政府首先必须以建设“包容性”城市生态来解决城区活力的问题。一是经济包容，为多元化的市场主体和多层次的消费主体提供公平的服务；二是社会包容，必须以制度创新消弭社会身份的等级差异，促成社会组织和社会力量的壮大；三是政治包容，必须借助主城区的政治中心的优势，推动基层民主自治，推动便捷高效的政务服务；四是文化包容，必须营造多元、开放的文化氛围，以增强老城的凝聚力。

具体说，一方面要努力创造条件，扩大基本公共服务均等化的覆盖范围，这一点可以更多地鼓励体制外的资源介入，扩大服务产品的供给，如教育、医疗的服务。另一方面，要通过鼓励创业、就业来促进老城区经济持续发展，缓解收入不平等问题。老城区经济转型与创造就业机会之间并不矛盾，只要努力推动传统商业的业态转型，以现代服务业为支柱产业的老城区，是可以创造出大量的人力资源需求的。

【探路径】分类区分老城区不同问题，走内涵式转型路活化老城

南方日报： 广州老城区优劣势明显，但存在的问题不一。要推动老城区再造活力，应该如何具体考虑？

陈鸿宇： 要让老城区再造活力，首先要分清楚什么是老城区、哪些地方是老城区？就广州的老城区而言，情况不同，也千差万别。简单地说老城区衰败或者兴旺，都是不科学的。比如在越秀区，北京路的商贸业、文化产业依然很发达，充满活力，但走进大南路以南一带就会见到大量低端产业。

因此，再造老城活力应该分类引导。首先了解老东山、越秀以及西关、海珠等老城不同区域的不同情况，在了解摸清楚之后，再统筹考虑、分类实施。比如分清楚哪些是需要实施文物建筑保护的地带；

哪些是要提升文化内涵，改善人居环境的地带；哪些是需要配备公共服务资源的地带，这些都需要站在全市的角度来统筹规划安排，再分别个性化实施老城优化方案。

现在，各个区容易存在误区，容易争先恐后地朝着同一功能目标去规划和发展。但实际上，不同区域有着不同区情，各个区域的历史基础、资源禀赋和天然优势不同，其发展路径也肯定不一样。所以，不同的区域应该结合自身的实际情况来推动自身的优化、转型和升级。当然，对不同区域的考核也应该结合实际实施有针对性的考核目标。

就共性规律来说，在城乡联系理论中，有“灰色地带”“绿色地带”和“棕色地带”之说。“灰色地带”指工业化成长期向成熟期过渡的时期，首先承接城市产业和人口扩散的城市的周边乡村地带；“绿色地带”指生态环境良好的“非城区”地带；旧城的商业和文化价值被重新认识，原来的废弃地块和闲置房屋被成片整理加以利用，这类地块被称为“棕色地带”。

“三个地带”理论可以成为新型城市化实现路径的部分选择。首先是努力保护“绿色地带”，以政策“护短”“扶短”“补短”，决不以牺牲“三农”来建新城；其次是重视用好“棕色地带”。要素集中度高这个特征是老城区的活力所在，也是老城区成为“棕色地带”的困局所在。老城区很难更密集地在窄小土地上继续加大投入，这就迫使老城区必须认真谋求在既有的土地上走一条内涵式的、通过结构优化使旧城活化之路；第三是使“灰色地带”成为城乡一体发展的典范。作为城乡结合部的“灰色地带”，要把基本设施建设好，按照现代城市的标准进行规划，推进基础设施建设，使住在城乡结合部的市民和周边的农民都能感受到城市生活方式的好处。

【找借鉴】恢复活力再造寻他山之石，六个要素一个都不能少

南方日报：从全球发达城市走过的路来看，广州老城再造活力还有参照系可以借鉴？

陈鸿宇：“全球城市内城竞争力指数”（CPICI）报告曾提出，一座城市的主城竞争力评价体系可以从六个大方向来衡量：活力性、文化性、互动性、豪华性、舒适性、通达性。这六个要素一个都不能少。

在“活力性”方面，老城应该让居民、建筑、产业的密集度疏密有度，该密集的区域得密集，该抽疏的地方得抽疏。比如琶洲、环市东、北京路一带等会展、总部和商圈的聚集地，就应该有着高密度配置资源，而白云山、越秀山、流花湖、东山湖畔，就应该抽疏密度，不应过于密集。

在“文化性”方面，以“顶级大学”“剧院与音乐厅”“博物馆与画廊”“图书馆体育场”等数量指标，体现内城的文化发展状况。在国外，不少大学都在主城区，校区是开放的，有的甚至街边的一栋楼就是某一所大学的一个学院。

“互动性”方面，老城区要有开放和互动的心态格局，让老城区的文化资源成为全国，甚至世界性的需求。就像去新加坡要去乌节路，去上海要走外滩、南京路一样，让全世界来广州的人能与老城区互动，这样老城区的商业、文化资源的服务范围就大多了。

“豪华性”方面，以五星级酒店、高档餐厅和品牌酒店作为衡量指标，判别内城的高档服务供应能力。广州的主城区要走出“享受豪华要去新区才有”的误区。

“舒适性”方面，通过“大型医院”“大型购物中心”“绿化与水覆盖度”等来衡量区域内居民日常生活的便利程度。但在广州，现在因为主城区的房价消费不起，大量年轻白领不得不选择郊区，而环境的问题也导致大量有消费力的人群流失。

“通达性”方面，通过“地铁与轨道交通”“高速公路”“空港通达性”“空港运行能力”等来展现主城区的交通通达性。现在广州通过地铁、轨道交通等不断把城市格局拉大，却忽视了内城本身的交通通达性问题。在主城区的环市路、东风路、沿江路等主干道只有地铁的个别站点。在国外，主城区的公共交通网络既改善内部交通，又与外围交通网络无缝连接。

撰文 / 陶达嫔

数据

越秀区人口比重下降街道数据统计　　　　常住人口数（单位：人）

数据来源：2010年第六次人口普查

街道	人口	比重 (%)	
全区合计	1157666	100.00	100.00
广卫街道	33984	3.08	2.94
北京街道	19151	2.57	1.65
六榕街道	41120	3.80	3.55
流花街道	17253	1.82	1.49
光塔街道	32734	3.12	2.83
诗书街道	35394	3.73	3.06
大新街道	40285	4.27	3.48
人民街道	28989	3.28	2.50
东山街道	74299	6.70	6.42
农林街道	50152	4.38	4.33
华乐街道	47126	4.74	4.07
大塘街道	46124	4.02	3.98
珠光街道	56329	5.50	4.87

广州人口分布数读

全市各区常住人口统计

数据来源：2010年全国第六次人口普查

	常住人口（万人）	比重(%)
全市合计	1270.19	100
中心城区	772.80	60.84
荔湾区	89.82	7.07
越秀区	115.77	9.11
海珠区	155.87	12.27
天河区	143.24	11.28
白云区	222.31	17.50
黄埔区	45.79	3.61
新城区	334.34	26.32
番禺区	176.48	13.89
花都区	94.50	7.44
南沙区	25.99	2.05
萝岗区	37.37	2.84
县级市	163.05	12.84
增城市	103.71	8.17
从化市	59.34	4.67

越秀、荔湾作为广州市的老城区，十年中人口增长均快于全国年平均增长水平 0.57%、低于全省平均增长水平 1.90%、明显低于全市 2.48% 的年平均增长水平。

广州各区市人口年龄结构

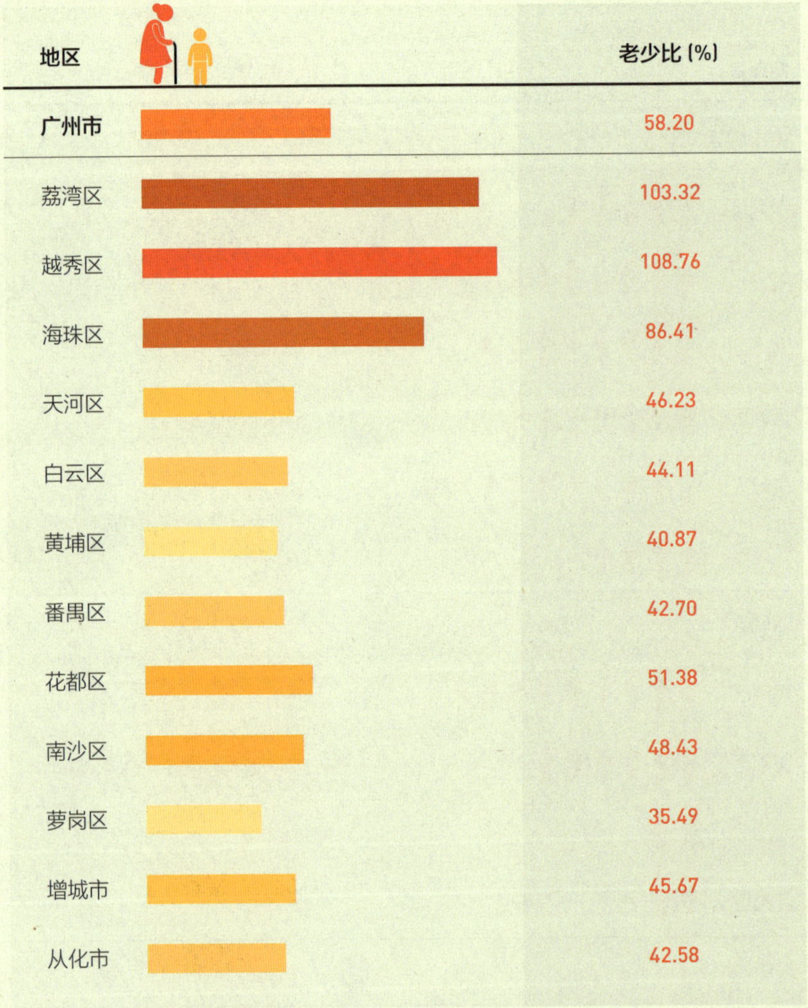

老少比排名前三的越秀、荔湾、海珠区，65 岁以上老年人口的比重也居前三位，分别为 11.48%、10.49% 和 8.75%，均超过 7% 的国际标准，人口老龄化问题比较明显。增城、从化两个县级市老年人口比重分别为 6.53% 和 7.14%，也已接近或已基本跨进“老龄社会”的门槛。老少比最低的萝岗区，其老年人口比重在各区（县级市）中也是最低的，为 3.77%，人口红利期的特征较为明显。

第三章　天河CBD：在这里遇见未来

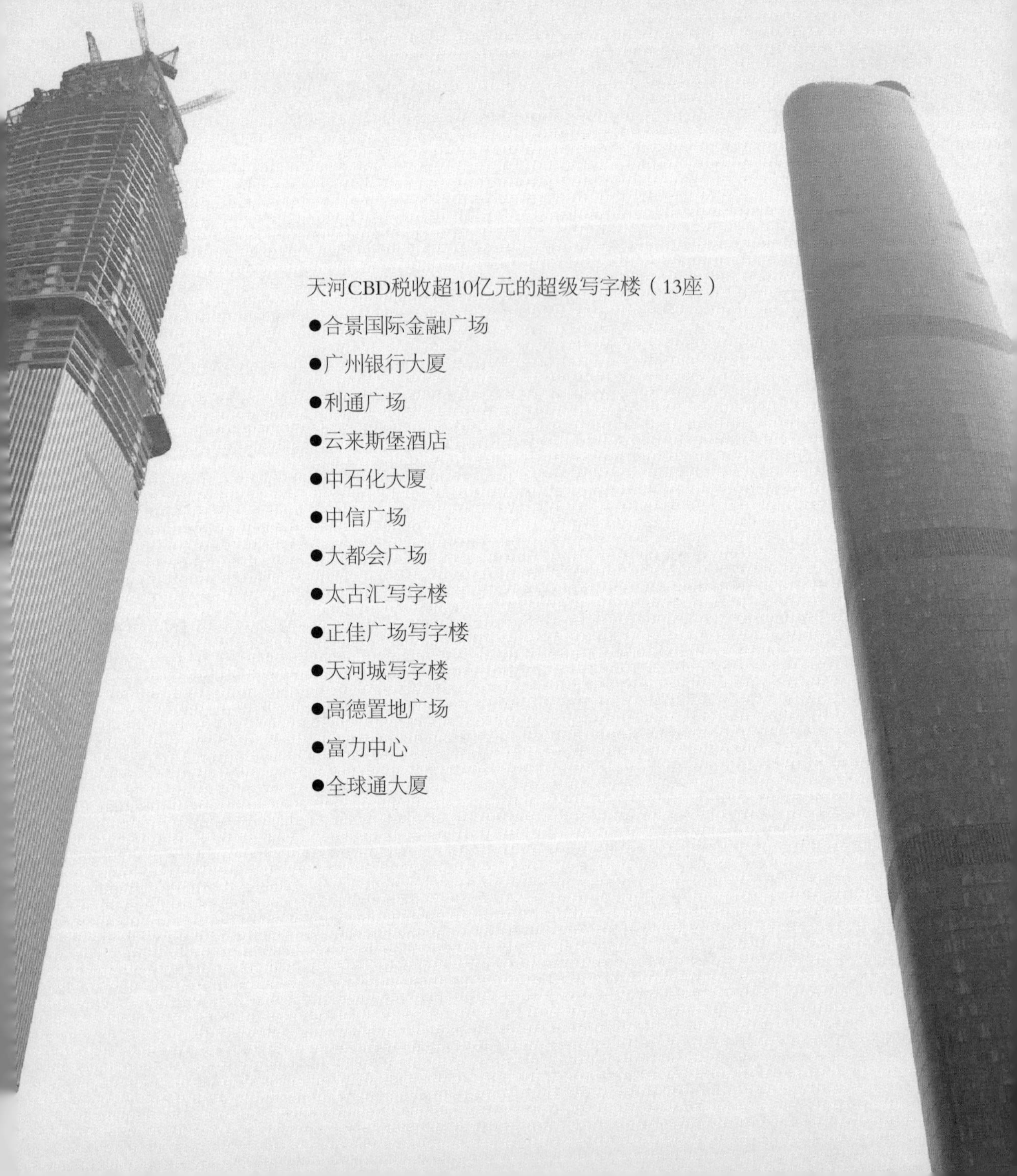

天河CBD税收超10亿元的超级写字楼（13座）

- 合景国际金融广场
- 广州银行大厦
- 利通广场
- 云来斯堡酒店
- 中石化大厦
- 中信广场
- 大都会广场
- 太古汇写字楼
- 正佳广场写字楼
- 天河城写字楼
- 高德置地广场
- 富力中心
- 全球通大厦

在广州，200米以上高层建筑最密集的地方是珠江新城，世界500强最扎堆的是珠江新城，然而，围绕珠江新城CBD的“吐槽”也最密集——交通拥堵、午餐排队、道路复杂……

可是，假如没有珠江新城？

假如中关村不断诞生新科技公司，浦东新区持续刷新高楼纪录，而广州的珠江新城还是一片鱼塘果林，今天的广州会是什么样？

在这片如魔法豌豆般一夜长高的城央之地，有曾经的村民们实现财富梦想最初积累，有世界500强在中国市场开疆拓土，有职场新人们为城市安居梦想而打拼，有创业者怀揣白手起家梦想努力……天河CBD的故事，折射出这个城市向上生长的力量与姿态，如此鲜明，如此让人好奇。

现实的数据是：天河CBD是广州市总部经济最为密集的区域，境外133个500强集团在CBD设立171家项目机构，跨国公司总部13家，境内500强企业20家以及占市1／4的总部企业，总部效应和财税贡献在全市首屈一指。

如果说摩天大楼是城市故事的晚礼服，好吧，广州需要CBD。

梦想开始的地方

2013年年底，辞职单飞的小白领陈苑把他的餐饮管理软件公司从广园路搬到了珠江新城。新租的办公场地面积将近100平方米。尽管公司只有几位员工，但他仍买了十几张办公桌，每一张桌子上面都摆放着电脑和电话，把办公室布置得满满当当。

跟陈苑同楼办公的，有好几家世界500强公司。看着窗外鳞次栉比的摩天大楼，陈苑立下一个“疯狂”的誓言：他的公司要成为行业

▲珠江新城。李细华 摄

内的世界500强！

与许多人的想象不同，今天的珠江新城除了汇集世界500强、银行、地产公司总部之外，还吸纳了许多像陈苑一样的“草根创业者”。

这种情况在10年前还是难以想象的。那时候的珠江新城就像一位冷傲的美女，普通人似乎难以接近。而“空置率”如同一道魔咒，困扰珠江新城长达10年之久。

20世纪90年代，随着浦东新区开发，一个在当时还很新鲜的词汇——CBD，开始进入国人的视野。一时间，北上广深等大城市同时开始规划CBD。

1993年，广州也想建设CBD，并把目光放在了广州大道以东、黄埔大道以南至珠江边的这块广大城中村地区。广州市政府通过国际招标，招来了波士顿的规划师托马斯夫人。托马斯夫人为珠江新城设计了一个非常诱人的方案：小方格街道+中央公园，在适度改造的前提下将猎德村、冼村、潭村等几个自然村落的整体格局保留下来，试图将“岭南水乡”的原始风貌与现代的CBD功能融合在一起。这个方案把广州城市轴线延长到珠江边，使得城市的新中轴线和珠江在珠江新城碰撞，形成城市公园的形态，呈现出非常大的展示空间。1993年，《广州新城市中心区——珠江新城规划》正式出台。

这，就是广州的CBD梦开始的地方。

珠江新城的诞生可谓“时运不济”。20世纪90年代末，受亚洲金融风暴的影响，广州写字楼市场几乎是停滞的，空置率最高峰达37%。之后，珠江新城的发展几乎停滞了10年。

2003年，广州市政府公布实施《珠江新城规划检讨》。在时任广州城市规划勘测设计研究院总规划师袁奇峰的主导下，原控制性规划采用的街区规划模式被调整，小开发地块整合为269块综合地块开发单元（街坊）。

袁奇峰在《检讨》中建议：以房地产开发作为主要动力，带动珠江新城的开发建设；控制土地供应，把商务办公用地全部集中放在珠江新城，实行有组织的土地供应，原则上不再在其他地区批商务办公楼；政府必须激活写字楼市场，第一个就是住宅禁商。

政府完全采纳他的意见，规定未来全市的商务办公用地都集中放在珠江新城内。随后宣布在珠江新城修建一系列的大型市政配套，例如博物馆、歌剧院、新图书馆、少年宫等。

时任市长的林树森身体力行，每当有人向他要地，他就说“到珠江新城”。海关、商检、移动、联通、财局、发展集团、三诚公司、保利公司等都进来了。这些措施使发展商对于珠江新城的信心陡增，随之而来的是对住宅用地的热捧，迎来了爆炸式大发展。

总部与民企的“乔迁之喜”

陈苑在珠江新城的那间装修一新的办公室很快体现出了投资回报。

在老城区办公的时候，他的公司只有几位员工，办公室也只有几张桌子，每次有客户来拜访时，虽然他将公司实力夸得桃花灿烂，说得也是唾沫横飞，但是客户扫了一眼他的办公环境，就再也没有了任何下文。

“对于小公司，客户把办公室硬件条件作为第一印象的判断。”陈苑说，自从搬迁以后，感觉接单成功率高了，谈生意更加自信，报价比以前高50%，客户也都能接受。

“公司形象好了，招人也更好招了，租金成本甚至比老城区还要便宜。”陈苑认为，他想把公司带入行业世界500强的豪言并非“痴人说梦”。

陈苑说出了他的感悟：“虚荣是一种美好的预期，而对于一家公司来说，好预期意味着好投资和高回报。所以，虚荣也是一种生产力。”

每年、每月、每天，珠江新城都迎来各式各样的新“居民”。

“我已经移民广州了！”在博鳌会场，周希俭笑着对来自江苏的企业家朋友说，他将道和集团总部搬迁到了天河CBD，而且举家“移民”——老婆和小孩全部带到了广州，户口本和身份证都变成了正儿八经的广州人。

周希俭出生在浙江海宁一个知识分子家庭，20岁开始创业，卖过音响、服装，均大有斩获。

2009年，周希俭进入南京中脉集团，出任中脉国际副董事长，以35岁的年龄成为中国最年轻的直销企业家。

2013年年初，一个偶然的机会，周希俭南下广州考察市场，发现天河CBD环境一流，商贸伙伴来自世界各地，市场潜力巨大。在他表达了想投资的意向后，天河区委书记石奇珠带领多个部门负责人亲赴南京招商，向他推荐天河CBD内的营商环境，并且现场办公，为他成立企业提供一站式服务。

7月中旬，周希俭正式将道和集团总部搬迁到了天河CBD，产业项目涵盖健康、金融、教育、航空、影视、酒业、餐饮、广告、旅游、网络科技、饮用水等多个领域。他在CBD内一口气注册了十几个下属分公司，注册资本从几千万元到上亿元不等。

云来斯堡21楼是中脉道和系统产业化的大本营和孵化器，中脉国际总部及其华南中心则搬迁落户到了19层和13层。旗下的分公司则租下了云来斯堡的14楼、20楼整层和8楼部分，还有农信大厦和壬丰大厦整层。

与道和集团一样，渣打银行、三菱东京日联银行、法国巴黎银行、澳新银行等世界500强名单中名字响当当的金融机构的广州总部牌子，近年来也如雨后春笋般频密地在天河CBD区域占领山头。

2008年11月，渣打广州分行将广州总部迁至合景国际金融广场，该行已连续几年在广州外资银行中利润第一。

截至2013年底，天河CBD集聚了广发证券、广州银行、广州农村商业银行、广发期货公司等一批实力位居全国同行业前列的金融机构。

天河CBD还是广州市总部经济最为密集的区域，境外133个500强集团在CBD设立171家项目机构，跨国公司总部13家，境内500强企业20家以及占市1／4的总部企业，总部效应和财税贡献在全市首屈一指。

空置率解析题

在很长一段时间里，写字楼的空置率曾是让中国几乎所有CBD都感到尴尬的话题。

仲量联行华南区董事、总经理吴仲豪是一个专门跟这个“尴尬话题”打交道的人。

在互联网上搜索“写字楼空置率”，一定会跳出“仲量联行”这几个字，仲量联行是一家总部位于芝加哥的房地产及资本管理公司。2004年，仲量联行在天河CBD建立华南总部，为广州房地产市场的客户服务。

珠江新城空置率历史最高曾达到37%，而2014年一季度仲量联行的报告显示，2014年第一季度天河CBD的空置率为13%，净吸纳量为3.9万平方米。其中，珠江新城的空置率为17%，净吸纳量为2.7万平方米。

空置率的逐年降低，显示珠江新城“渐入佳境”。吴仲豪指出，2013年年末，北京朝阳CBD的甲级写字楼平均租金达350元/（平方米·月），上海浦东CBD达282元/（平方米·月），而广州珠江新城的租金仅为165元/（平方米·月）。天河CBD近三年的租金成本比北、上、蓉都更有竞争力，而聘请同样职位的人才成本亦更低，现在的投资成本在行业内便宜到不可思议。

“珠江新城写字楼租金现在简直可以说比猪肉价还便宜。”吴仲豪说。

低廉的写字楼租金吸引了许多中小企业进驻。珠江新城原总规划师袁奇峰则解释，珠江新城中小企业进驻多，比重大，这也是珠三角的特色。广州商务成本不高，创业空间大，中小企业容易生存，商务土壤活跃。

如果将珠江新城写字楼空置率与北京CBD、上海浦东CBD核心区相比，仍显示出一定的差距。北京CBD2014年第一季度的空置率为10.8%，浦东CBD空置率2014年一季度为3.5%。

CBD空置率在一定程度上是衡量一个城市总部经济发育程度和活力的指标。与政府资源高度集中的北京和定位世界500强进入中国的桥头堡上海相比，广州的总部经济吸纳能力仍有一段差距。

不过，广东城市向来有着强大的内生增长动力。珠江新城在引进总部企业的同时，也正在培养总部企业。

2000年，信诚人寿在天河CBD成立，公司总部就设在中信广场，中信集团和保诚集团各持股50%。信诚人寿在天河CBD的发展十分迅猛，2009年就开始盈利，当年保费收入40.2亿元，净利润8000万元。2010年，净利润过亿，在全国35个以上的城市开设了分支机构。2011年8月4日，中国保监会发布公告，批准信诚人寿的营业场所由“中信广场”变更为“北京环球金融中心”。信诚人寿计划将位于广州的公司管理总部，正式搬迁至北京。此次搬迁后，信诚人寿总公司运营、IT等后援支持部门仍将继续留在广东，为全国业务提供服务。

天河区委常委、天河中央商务区管委会主任丘卫青称，信诚人寿从一家小公司发展成全国性企业，是CBD提供了其茁壮成长的土壤和环境，虽然它将总部从天河CBD迁到了北京，但是其华南区总部仍然留在广州，公司的规模已远远大于其成立之初。目前，CBD有一大批像信诚人寿一样的公司，从小发展到大。

吴仲豪说，由于天河CBD的商务氛围浓厚，行政服务成熟，租金水平合理，而且对重点企业的优惠政策丰厚，因此吸引了众多顶级外企落户。他判断广州这几年会陆续发生一些重大的搬迁，尤其是旧区搬去新区，未来华南区的总部写字楼也会搬去天河CBD。“现在珠江新城的特级写字楼卖得比猪肉还便宜。”

吴仲豪做出这样的大胆预测：4年后，即2018年，随着产业升级，广州将成为华南其中一个重要的区域中心，珠江新城写字楼最高租金将突破500元/平方米的关口，写字楼顶层将以超过10万元／平方米的单价售出，天河路商圈人流增长三倍。他对这座城市CBD的未来充满了期待。

检讨者的自问

周末早上不到8点，家住猎德花园的软件工程师陈丽就在一阵震耳欲聋的鞭炮声中醒来。她跑到阳台上一看，楼下烟尘滚滚，满地红色纸屑，原来是猎德村的村民在办喜事。陈丽向保安投诉，同为猎德村民的保安说：“入乡随俗，懂不懂？”

▲猎德村的住宅小区。丁玎 摄

来自土耳其的孔玲也住在猎德花园。她不明白为何每个月至少有几天的时间，猎德原住民会在楼道里烧香，摆放食物。有一次，村民所烧的黄纸还触发了烟雾报警器，水花四溅，就连电梯都停了。

猎德花园是猎德村村民的改造回迁房小区。住在这里的不仅有猎德村原住民，还有许多在珠江新城上班的白领。种了一辈子果树的村民和来自五湖四海、五大洲七大洋的白领们共处，每天都发生许多令人啼笑皆非的事。

珠江新城，这片从果园和鱼塘中“长”出来的CBD，大概是因为长得太快了，以至于总有着这样那样的不协调。除了文化上的冲突，还有许多规划和管理上的遗憾。

在猎德村的原住民中，林海艳或许是一个“异类”。她从小喜欢读书，从名牌大学毕业后，进入珠江新城一家世界500强企业工作。每天早上，林海艳走出猎德花园的家，她上班的公司距离猎德只有一站距离，但路上却要花费40分钟——从猎德花园到猎德地铁站要步行20分钟，从珠江新城站出来，还要步行20分钟。

太古汇港籍总经理隋颂伟与其租户长期保持沟通，世界500强客户的反馈是整体满意，但交通拥堵问题却被经常提及。一次接到客户电话，声称“几分钟后就能到”，因为到太古汇的直线距离不到500米。但一个小时过去后，几次打电话过去，他都回答“被堵在路上”……

在新世界地产华南区域总经理耿树森（港籍）看来，天河CBD未来还要向国际知名CBD学习。他抱怨说，公交系统不完善，不少来珠江新城办事的人宁愿开车，花高价钱停车，也不愿意乘公交。他想去西塔办事，一定要自己开车，其实距离很短，但坐地铁就绕太远了，又没有循环公交。他认为珠江新城最需要的是在交通配套方面加强，尤其可以考虑在城内组建短线交通网络。

国际上CBD的形成一般需要20—30年。比起光鲜的建筑外表，区域的内涵就如太古汇里的奢侈品品牌一样，需要用心经营。

尽管有这样那样的不协调，天河CBD还是一天天长大成熟。

如今吴仲豪以新广州人自居，最喜欢在自己微信圈上分享天河CBD的美景，时不时透露出“我是CBD人”的骄傲。

吴仲豪积极提倡政企同行、作息平衡，坚持每周三组织“喜跑CBD”活动。傍晚6时15分，他带着白领沿着江边绿道从海心沙跑到猎德大桥。

在他看来，北京灰霾大，香港太拥挤，都不适宜跑步，但是天河CBD有花城广场和珠江。放眼整个大中华，除了天河，没有一个CBD能让上班族下班后可以跑步。

尽管难以理解猎德村民的各种“奇怪习俗”，孔玲仍然渐渐适应了猎德花园的生活。她的孩子喜欢跟同一小区的其他猎德村孩子玩，渐渐学会了一些粤语词汇。位于村里的天河外国语学校，金发碧眼的“细路仔”（小孩）与普通村民小孩玩耍嬉戏的场景屡见不鲜。

作为珠江新城原总规划师，袁奇峰经常接受媒体采访，应邀“检讨”规划得失。检讨得多了，袁奇峰也会自问：如果广州没有珠江新城会怎么样?

“如果没有珠江新城，广州还是20世纪90年代的广州，珠江新城让广州从原来的古老城市，到现在成为古老城市和现代城市的拼接体。”袁奇峰说，某种程度上，珠江新城是广州改革开放以来城市建设成就的集中体现，拉开结构、建设新城、保护名城，如果不是这样，广州的发展就会不成样子，“珠江新城重构了广州城市结构，让广州提升了一个档次”。

天河CBD的建设有得有失，但是它带给广州的并不仅仅只是一个高端商务区，更是一种与国际接轨的城市建设思维。

仲量联行在给世界500强的调研报告中，为天河CBD做下这样的注解——“从硬件来看，天河CBD的规划得当，宜业宜居，配套设施成熟完善。一众高级写字楼与优质大型商场并驾齐驱，不同商业模式汇聚于此，特色鲜明又各司其职，形成配合度高的良性促进关系，商业地产发展必定更上新台阶”。

毫无疑问，广州需要一座高端大气上档次的CBD。

撰文／成希　魏婷　吴丹

访谈：国内城市CBD呈现同质化竞争

北京首都经贸大学特大城市研究院常务副院长、北京哲学社会科学CBD发展研究院基地执行主任　蒋三庚

蒋三庚

全国各个大城市的CBD迅速发展，广州天河CBD如何发挥自己的优势，走出独具特色的道路？天河CBD的优势和短板在哪里？带着一系列问题，南方日报记者采访了北京首都经济贸易大学特大城市研究院常务副院长、北京哲学社会科学CBD发展研究院基地执行主任、国内知名CBD研究专家蒋三庚。

CBD发展要打品牌

CBD特色不是凭空想象的，是从历史和市场的土壤中生长起来的。

南方日报：全国各大城市的CBD发展都比较迅速，广州天河CBD的优势和短板在哪里？

蒋三庚：我们在做调研的时候，觉得广州CBD在运行和建设方面，市场观念很强，办事有效率。此外它把休闲、办公结合起来，这点做得不错。现在全国很多省会城市的CBD都大力发展金融、总部经济，识别度不高。CBD只有挖掘出自己的优势，提高识别度，才能吸引相似的企业。

南方日报：现在，全国CBD呈现雷同化趋势，广州天河CBD应如何定位发展？

蒋三庚：每个CBD要有特性的发展，你要打出自己的旗帜、品牌，告诉别人你是干什么的。比如芝加哥CBD是期货中心，北京CBD是国际金融集聚区。CBD的特色不是凭空想象的，是从历史和市场的土壤中生长起来的。

广州CBD如何发展？我觉得要考虑三个方面：第一，广州具有发展服务业的市场条件，具有技术和人力资本优势。从需求方面看，广州制造业规模庞大，为生产性服务业的跨越发展提供了市场容量；同时广州人均收入水平较高，对高质量服务的需求大，适合发展现代生活服务业。第二，广州和广东的实体经济强，天河CBD的金融立足于服务整个广东的支柱产业，可以加大对生产性服务业总部的引进。现在国内很多城市的CBD都把金融作为支柱产业，却没有对金融进行细分，我觉得这是需要继续讨论的。第三，CBD的发展要与城市的优势相结合。广州天河区富有科技优势：天河区内大专院校、科研单位、大中型企业和文化场所高度集中。区内有22所高等院校、34间科研院所、60多家大中型企业，还有国家级的广州市天河高新技术开发区和科技一条街，拥有800多家科技企业，300多家“三资”企业，各类科技人才2万多人，其中高中级职称的有1万多人。区内还有活跃的科技市场和灵通的信息网络，全国乃至世界水平的高新技术都可以在这里交易和获取。密集的科技设施和人才能为天河社会经济的发展提供有力的智力支持。因此，天河CBD在特色发展中要思考自己的区位优势在哪里。

交通改造可以循序渐进

在地铁站的建设方面，城市规划者必须要给予足够关注。

南方日报：珠江新城地铁站是上下班高峰最拥堵的站点，CBD的交通问题应该如何改善？

蒋三庚：CBD的交通问题，不是CBD本身能解决的。它作为市政府一个重要功能区，在地铁站的建设方面，城市规划者必须要给予足够关注。我们调研武汉王家墩CBD了解到，该规划区域内路网密度为12公里/平方公里以上，接近日本、欧洲等国家大城市的路网标准。此外，在CBD区域内规划设置5条地铁线路，9个站点，使王家墩地区成为了武汉市地铁线路、站点最为密集的城市中心区。CBD是一个长期的建设过程。投资数额很大，如果每个地方政府都一次性投入那么大，那也是很难承受的，所以CBD的建设是一个不断完善的过程。

其次是道路建设。CBD是产业集聚区，人、车流量非常大，道路规划建设是一个共性问题。一般CBD都在市中心或者比较好的地段，那么它的地价是比较高的。年轻人一般积蓄都较少，租住的地方肯定比较远，上班的时间成本就必然会成为一个问题。

南方日报：广州天河CBD在快速发展进程中，也出现了服务配套等问题。您认为CBD的商务及商业区应该如何配比，才能形成良好生态链？

蒋三庚：我不太赞成用“配比”这个词。比如说开一个餐馆，你不用规定它卖包子还是卖饺子，市场会根据需求做出差异化的选择，要让市场起作用。

CBD发展必须有人气。集聚人气，就是要让“商业”和“商务”相融合。很多CBD白天热闹，晚上没人，人气比较少。过去，我们讲商业是人来人往的，商务是需要安静环境的。后来发现不是那样的，商务服务也需要人气。人气靠什么？是靠商业。所以说不用“配比”这个概念，如果“配比”，百分之多少是谁规定的，有什么依据，多数情况下是人云亦云。

CBD扩张应自问承载力

天河CBD面积已经很大了，为什么它要扩张呢？

南方日报：北京朝阳CBD东扩，广州跳出珠江新城，CBD的范围和功能将延展至琶洲—员村地区。与原有的CBD相比，新扩CBD是否存在发展压力？

蒋三庚：随着CBD建设发展成熟，它带动了周边地区市场繁荣，使这些地区的地价逐渐上升，产生了投资空间。如果开发周边地区，会产生很多土地收入，这样可以弥补它发展上的不足。所以要有余力的话，它会呈现自然扩张的态势，现在全国的CBD都是扩张的态势。CBD要扩展的话，就会出现新的功能分区，比如新增加现代休闲区等，政府会再制定一个规划来吸引开发商。

但我们也注意到，国内各大城市的CBD扩张往往并不是本身承载力已经饱和了，是由于其他经济因素。天河CBD面积已经很大了，应该在12平方公里以上，为什么它要扩张呢？企业的入驻承载力饱和了吗？这是要打一个问号的。

南方日报：2013年第四季度广州商业地产空置率环比上升2.5个百分点，至14.8%，而2011年仅为4%。其他城市CBD也会出现类似情况吗？

蒋三庚：有的。现在很多城市不止一个CBD，都在争夺优质资源。为什么会出现这种情况？这跟财税政策有关，都要吸引优质企业，或者说是能够产生高税源的企业，税源建设是政府很重要的任务。但优质企业是有限的，这是全国比较普遍的问题。包括像长沙、西安、重庆、武汉、天津等诸多城市，在一个城区里都出现好几个CBD，那这就会一定程度上造成CBD办公楼空置。

此外，有些城市出现租金成本不断上升的问题。一些企业盈利能力是比较弱的，对成本的控制十分严格。这些企业觉得没有必要安扎设置在CBD，它找个交通比较便利，租金比较低，环境好的地方也可以办公。有的公司搬出CBD，旗舰店也出去了，这就对CBD影响比较大了。对于租金问题政府很难控制，其他成本都涨，租金怎么能不涨。这样一来，它就会把一些企业挤出CBD。

最后，环境问题也会造成产业的集聚能力下降。国内CBD整个的开发成本、运营成本、搬迁成本都比较高。那么怎么样收回这种成本，就要增加它的高度，增加容积率。增加高度就会出现一种标志性的建筑，你建500米，我就建550米；你建550米，我一定要建600米，要建成一个地标。那问题就来了，那么多层楼，那么多间办公室，有那么多企业入驻吗？企业有一定数量，它不会以这么快的速度增长。从政府来讲，高楼大厦显出现代化气派。但是，高层办公楼的较高空置率是很麻烦的事情，因为高层办公楼运行成本是不低的。租金减少，物业投入就减少，这会造成物业服务质量降低，不仅影响入驻企业正常经营，而且影响了楼宇的品牌，甚至连整个CBD品牌都会受到影响。

数读 CBD

北上广深四大城市 CBD 对比

总面积对比（单位：平方公里）

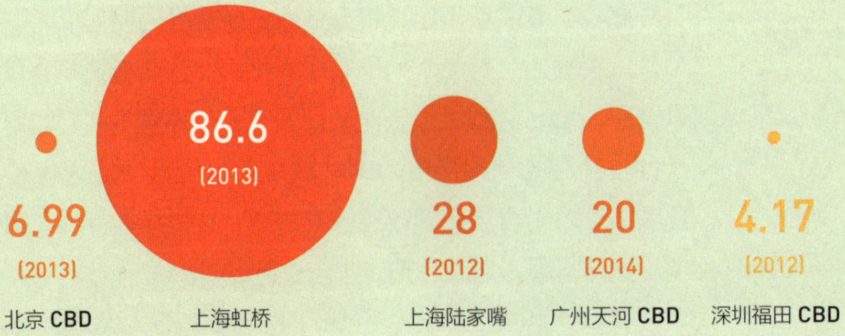

建筑面积对比（单位：万平方米）

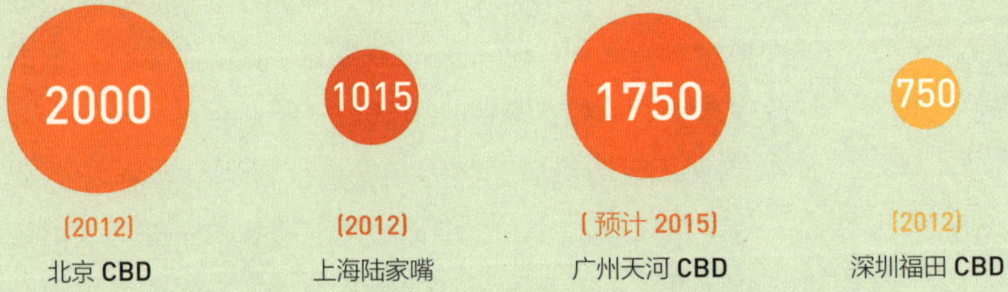

企业总数对比（2013 年初）

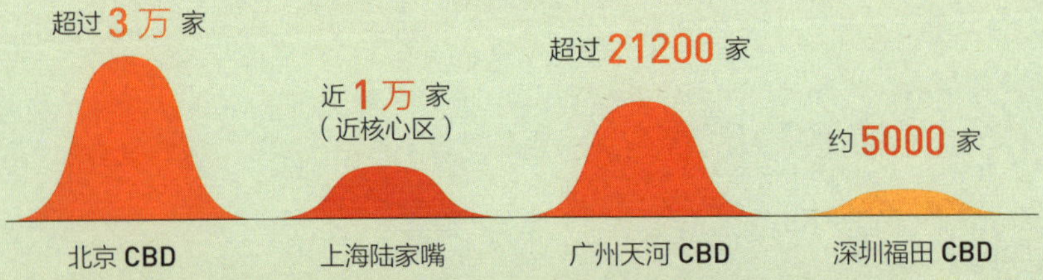

天河 **CBD** 企业

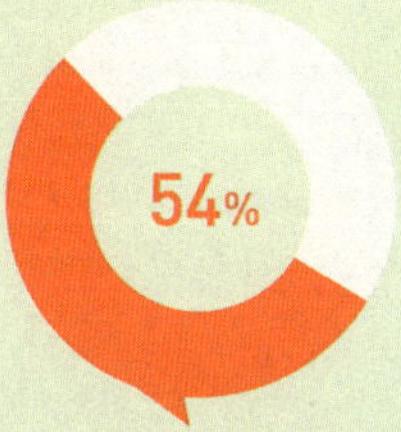

广州市金融机构总部及代表处 **415** 家，**224** 家集聚在天河 **CBD**，占广州的 **54%**

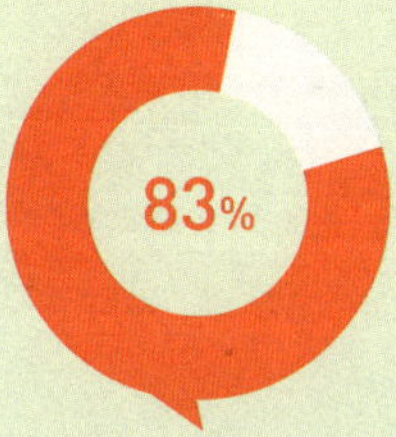

全市处贸银行 **41** 家，其中 **34** 家进驻天河 **CBD**，占广州的 **83%**

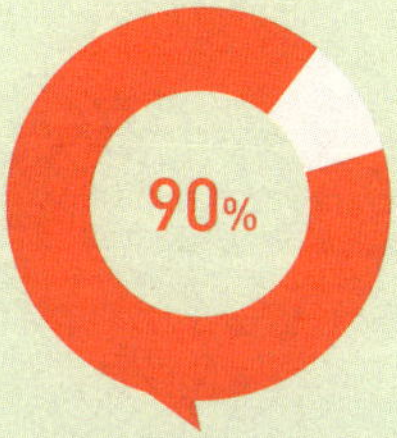

外资银行部资产达 **1265** 亿元，占广州的 **90%**

两万多家工商企业里将近 **50%** 有外资成分，超过 **70%** 进行国际业务。在海量的商品销售总额里，国际贸易总额占 **60%** 以上。

服装产业年销售额已超过 **500** 亿元的核心企业有二三十家，最大的一家销售额超过 **50** 亿元。

2013 年天河区国民经济和社会发展统计公报　（单位：亿元）

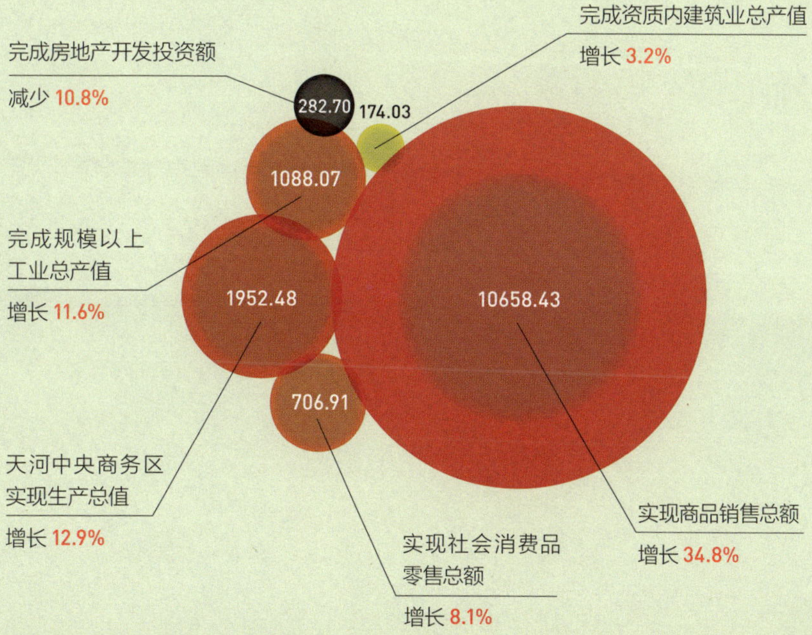

第四章　城中村改造：握着乡愁告别城市村庄

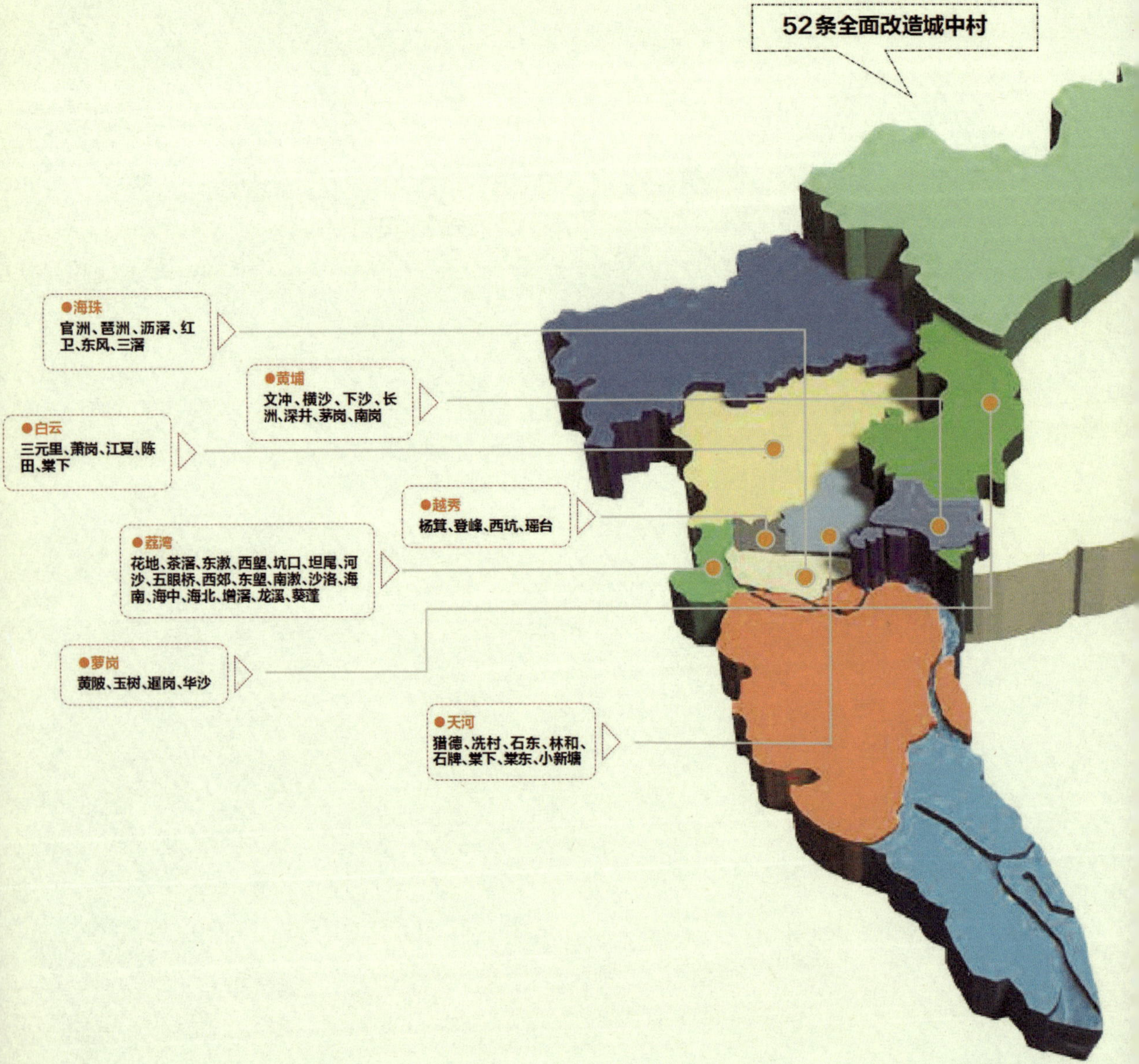
52条全面改造城中村
●海珠
官洲、琶洲、沥滘、红卫、东风、三滘
●黄埔
文冲、横沙、下沙、长洲、深井、茅岗、南岗
●白云
三元里、萧岗、江夏、陈田、棠下
●越秀
杨箕、登峰、西坑、瑶台
●荔湾
花地、茶滘、东漖、西塱、坑口、坦尾、河沙、五眼桥、西郊、东塱、南漖、沙洛、海南、海中、海北、增滘、龙溪、葵蓬
●萝岗
黄陂、玉树、暹岗、华沙
●天河
猎德、冼村、石东、林和、石牌、棠下、棠东、小新塘

关于“城中村”这个名词，百度百科上说，是指农村村落在城市化进程中，由于全部或大部分耕地被征用，农民转为居民后仍在原村落居住而演变成的居民区，亦称为“都市里的村庄”。从广义上说，是指在城市高速发展的进程中，滞后于时代发展步伐，游离于现代城市管理之外，生活水平低下的居民区。

现实生活远远比书本上的学说要丰富多彩。

从经济学上说，城中村是城市的“低成本生活区”，每年每月每日，不知有多少背着背包提着蛇皮袋的年轻人来到城市，第一站就是钻进城中村昏暗的握手楼。

从民俗学上说，城中村多是有数百年历史的古村，保留着许多在城市绝迹的民俗文化，其自治管理方式还保留着宗族社会的影子。

从文学上说，城中村养活了大量低收入文艺青年，曾催生出不少文学作品。曾任《南方都市报》编辑的专栏作家刘原在其作品集《丧家犬也有乡愁》的序中写道：“每夜睡在广州杨箕村的体味里，被孤寂、疾病、贫苦浸润，常有野狗之感，偶向日落方向追思西边的故乡，很是文青。”

本文要讲述的故事就从杨箕村开始，一个关于改造拆迁的故事。

留守户和“和事佬”

南方日报出版社编辑老阮的窗户正对着改造中的杨箕村。在过去的三年中，他每周拍下一张杨箕村的照片，记录这巨变中的城市一景。

三年来，老阮看着昔日杂乱的城中村从城市版图上一点点消失，看着高层建筑拔地而起，在城市的巨变、他人境遇的转换中，映照着

◀杨箕村拆迁前全貌

▼杨箕村崛起新天地。梁文祥

自我生命的演进。

2014年5月14日，老阮拍下一张最新的照片。昔日的杨箕村已经变成了今天的“东山新天地”，又一个城市中心的豪宅项目。

在杨箕村改造的三年过程中，不知有多少人为了这块“黄金地”彻夜失眠。他们之中，有殚精竭虑的村委会干部，有心事重重的留守户，也有心系回迁的村民。

杨箕村村民李启忠，是杨箕村最后搬走的“钉子户”。自从签字同意拆迁之后，李启忠就退出了媒体的视野，再次见到他是在2014年4月底。他穿着一件没有牌子的黑色T恤，点菜的时候详细询问每道菜价钱。

在三年留守生涯里，李启忠是一个让其他99%的杨箕村民深恶痛绝的人。由于留守户们拒绝拆迁，原定2014年回迁的杨箕村复建房一拖再拖，杨箕村村民大多被临时安置在龙洞、太和等地居住，孩子们的学校变远了，每天都要早起床。

当初为了“逼”李启忠等留守户尽快签约搬迁，村民在留守户门口挖沟设濠、断水断电，甚至有人往他家里扔砖头。

其实李启忠心里也知道，大部分村民都讨厌他，昔日的宗亲关系已经交恶了，而他也自称“搅屎棍”。2013年7月，李启忠和另外一个留守户李健明终于签订拆迁补偿协议，从留守了三年的“祖屋”搬出。李启忠一家在拆迁中分得复建房300多平方米，但他表示自己可能不会回去住。

杨箕村经济股份联社党总支书记张建好曾对记者说：“杨箕村旧村改造就是一场惊涛骇浪。”

拆迁三年间，张建好始终处在“风暴眼”中。已经签约的村民责怪村委太软弱，拆迁推进不力；而留守户则质疑村委与开发商同声同气，“威逼”村民签订协议。

张建好说："压力太大，我和村干部都遇到了前所未有的压力。这三年里一直担心留守户不想走，回迁户回不去。有时压力太大，晚上根本睡不着觉。经常感到很崩溃。如果村民'闹事'，就更加崩溃，这几年瘦了20多斤。"

张建好"治村"近40年，曾经历过许多"大事"。以前搞家庭联产承包曾遇到抵制，但是村民效益好了，大家就会放开手脚去做；后来搞股份制，村民有收益也愿意配合；唯独城中村改造涉及到千家万户的利益，让张建好感叹"事情不同了，我老了"。

中山大学岭南学院姚益龙教授通过研究发现，"留守户"现象在广州城中村改造中有抬升趋势。最初，猎德村、杨箕村、琶洲村留守户比率仅有1%，而最近正在推进的东漖村改造一二期中，留守户比率达到了7.7%。

改造十二年寸步难行

一纸招标公告，又将沉寂已久的三元里旧村改造拉回公众视线。4月22日，白云区三元里"城中村"改造项目（设计方案）招标信息在广州采购招标网上挂出，其规划设计费最高限价为165万元。

与新闻媒体的热切关注不同，三元里村的原村民们十分平静。"我们也记不清听说过多少次启动改造了，但一直没有动。"原村民梁成说。

时光回溯至2002年。当年，广州市出台三元里抗英纪念馆周边地区控规，被视为启动旧村改造的开端。2003年，三元里曾编制改造规划，但由于未能调剂启动地块，规划未能实施。此后，改造方案数易其稿，但并未得到实质性推动。

转机出现在2010年。此前一年，省、市密集出台了加快“三旧”改造的政策文件。2010年，广州市列出9条城中村改造试点，三元里位列其中。

当年8月，由白云区规划部门编制的改造规划方案正式获批。“改造同意率很高，但拆迁补偿方案同意率不高，难以达到法定的改造条件。”一位熟悉三元里旧改的规划界人士透露，拆迁补偿方案必须获得90%的支持率，但在实际操作中，往往要接近100%才敢动工。“各地频发的钉子户事件，给属地政府相当大的压力，只有谨慎行事。”

媒体当时透露的方案显示，三元里村整体改造涉7个分散地块，规划拆除面积76.54万平方米，复建面积73.42万平方米，涉及3000多户，需要拆平3000多栋大小楼宇。不过，据梁成回忆，在2011年4月召开的集体经济组织成员大会上，改造方案只有30%多一点的支持率。“复建面积少，围绕商铺的补偿问题谈不拢，铺面的现实收益太高。”

久拖不下，三元里逐渐丧失了改造主动权。其原因之一，是已通过市审批的控规与三元里文物保护规划存在矛盾。坐落于此的三元里抗英纪念馆，是1961年国务院公布的首批第一号全国重点文物保护单位。

2014年新公布的招标信息强调了上述原因。公告称：“本次改造修建性详细规划，是在文物保护规划指导下，针对三元里改造存在的问题和出现的新情况进行规划调整。”

不过，针对三元里旧改的迟滞，规划界人士给出了另一番解读，“在原来的规划方案中，一部分作为批发市场的集体土地、物业并未纳入规划范围。这意味着，村集体仍想维系着‘地租经济’的高收益，如果维持不了‘地租经济’，村民就没有改造动力。”

实际上，城中村容纳的不仅是“地租经济”，很大一部分更是

▲萧岗村的老房子。黎湛均 摄

▲棠下村功能分区

◀三元里全貌。张志韬 摄

“地下经济”。2014年5月12日，白云区打假办联合三元里街在金桂园小区销毁案值5000多万元的假冒名牌产品。不久之后，央视焦点访谈栏目刚刚曝光三元里片区的储假售假问题。城中村带来的违法建设、违法经营，像是长在城市正常的市场体制机体上的一个痼疾，到了不得不解决的时候。

另一厢，与三元里一同列为改造试点的白云区萧岗村、棠下村村民改造意愿不强，已暂停改造工作。

决心虽有，行动却步履维艰。

从2009年新一轮三旧改造启动，到目前为止，广州实现整体改造的城中村只有琶洲村、杨箕村等少数几个村。作为城中村的“大户”，白云区在过去四五年中没有一个成功改造的案例。

改造是一盘难下的棋

在与珠江新城隔江相望的海珠区，其最大的城中村改造项目——面积相当于三分之二珠江新城的沥滘村改造项目已经在一轮又一轮谈判中艰难推进了七八年。

早在2007年，沥滘村就已经和开发商达成合作意向。2012年，沥滘经济联社与珠光集团签订城中村改造协议，拟由珠光集团投资28.3亿美元对沥窖村进行整体改造，沥滘村改造后将形成40栋左右的高层回迁房。

在改造协议签订后，沥滘村村民与珠光集团围绕补偿标准展开了旷日持久的谈判。2013年8月，珠光集团把补偿标准从1.1万元／平方米提高到1.5万元／平方米，并将补偿面积从法律规定的280平方米合法面积改为“四层及四层以下不论有没有房产证都可以合法补偿”。

至今，沥滘村还没有拆迁一栋楼。目前的补偿标准是不是最终结果？人们不得而知。

城中村改造为什么这么难？在城市亟待更新的广州，这是一个近乎“天问”的问题。

表面上看，城中村改造是一个各方得益的事，可在实际操作过程中，利益格局的调整却十分复杂。白云区某街道办副书记李想（化名）举了一个例子：“‘三旧’表面看属村社集体物业，但实际上利益关系很复杂，村社当年出租了一块地给投资人，投资人建好楼出租给若干经营者。我拆了20万平方米，让村社复建10万平方米。档次提高了，这10万平方米效益比20万平方米还高。理论是对的，但前面拆掉的10万平米形成利益关系怎么平衡？这个必须考虑。此外，‘三旧’是村集体、股民代表、股民衍生出来的，有的建了楼房，有的盖了小产权房，必须考虑村集体内部利益平衡。”

有人大代表直言，广州市关于“三旧”改造的政策研究、制度设计尚存在不少盲点，亟待研究深、研究透。“必须平衡好三组矛盾关系：一是政府规划引领与‘三旧’实际持有人的矛盾，既要考虑城市功能布局，也要考虑实际持有人的改造积极性；二是土地权属人与现持有投资经营者之间的矛盾；三是村集体内部利益平衡。”

一个城中村要顺利推进改造，要经过的考验堪比“九九八十一难”——

首先是规划关。规划要赢得90%村民的“欢心”，城中村改造才能启动。改造规划要符合城市控规，并完善建设用地手续，白云区三元里村改造就曾因为规划与文保政策不符而被搁置数年。

其次是补偿关。拆迁补偿标准要获得90%以上村民认可，改造方能实施。

再次是征拆关。只要出现一户“留守户”，就可能导致整个改造项目延期或搁置。

最后是资金关。近年来，广州市城中村的开发多是借助房地产的力量，土地的级差地租决定了投资回报率，因此能顺利推动的几个整村改造项目都位于广州市中心，而白云区、花都区等地的改造项目则推进缓慢。

2009年，为了鼓励推进“三旧改造”，广东省委、省政府出面向国土资源部要来了优惠政策。由于是试行的特殊政策，因此在完善历史用地手续方面，也只给了3年的时间，到2012年为止。

据了解，目前广州纳入“三旧”改造项目的土地面积约554平方公里，约占建成区面积的1／3，其中城中村有310多平方公里，旧厂有190多平方公里，旧城有56平方公里。但是，截至目前完成改造的仅有近30平方公里，仅占全市“三旧”总改造项目面积554平方公里的5%。

得失之间费思量

在改造的尘土渐渐落地之后，每个人都在重新打量自己的得失。

在获得高额补偿后，杨箕村的李启忠这一年来并没有找什么正经事情做。他说自己做两件事，一是看房买房，他在石牌村买了一栋烂尾楼，面积100平方米，或许会搬进去住；二是“赌博”，他用10万元去炒股，也看赌球，但是从来不下注。

城市也在评估这场改造带来的得失。

无疑，在城中村改造过程中，城市人居环境和整体形象得到了提升，昔日藏污纳垢的城中村改造成为现代化的居住小区，大大降低了社会风险和管理成本，同时，村民的收入也得到大大提高。以琶洲村改造项目为例，改造后琶洲村相关指标将实现“一降四升”：建筑密度降低为30%，绿地率大幅提升到35%，市政配套设施面积也大大增加，包括幼儿园、中小学、托儿所、文化室、居民健身场、老人服务站点、社区居委会等。此外，村民收入也会相应增加，改造后村集体将增加20万平方米的经济物业，保守估计改造后股民人均每年增加3万元的分红收入。

与此同时，以房地产开发撬动改造模式也引起了一些反思和不同看法。有规划专家指出，村民和开发商为了获得可观的收益，在开发过程中追求容积率最大化，改造项目大部分变成了超级楼盘，对城市功能提升起到的作用有待评估。

这是手握重金的开发商和手握土地的农民之间围绕巨额财富进行的激烈博弈，看起来其实跟其他上班领工资的市民关系不大。在珠江新城上班的小白领每天经过昔日的杨箕村、今天的“东山新天地”，只能呵呵傻笑：“不贵，真的不贵。”

而曾经跟杨箕村亲密共处的文学青年只能在遥远的回忆中写下这样的句子：“每夜睡在广州杨箕村的体味里，被孤寂、疾病、贫苦浸润……很是文青。”

撰文/曾妮　黄伟

访谈：可探索“土地证券化投融资”模式

中山大学岭南学院金融系教授、博士生导师　姚益龙

姚益龙

自2007年特别是2009年专门成立“三旧”改造办公室以来，广州市加快了城中村改造的步伐，创造了全国著名的城中村改造成功案例——以村集体为主导的改造模式。除此之外，广州市在对杨箕村、琶洲村等10多个城中村改造过程中，还探索出了生地出让模式和自主改造模式等比较成功的改造模式。尽管如此，从总体上看，城中村改造推进难度大，进展远远低于政府和市民的要求，主要障碍是拆迁补偿，特别是“钉子户”或“留守户”问题、改造资金问题。

中山大学岭南学院金融系教授、博士生导师姚益龙长期关注广州“三旧改造”，特别是城中村改造问题，曾主持国家社会科学基金项目《快速城市化中的“城中村”金融问题研究》、广州市政府公开招标项目《广州市“三旧”改造涉及土地收储问题研究》等课题，对城中村改造问题有深入的研究。在总结广州市三种城中村改造模式之外，姚益龙教授还从金融学的资产证券化角度出发，提出了城中村改造的“土地证券化投融资”创新试点模式。他还指出，城中村的拆迁补偿中对于留守户问题，应保留最后的法律解决渠道，如果失去最后的法律救济，城中村改造将变成一个无解的难题。

广州城中村改造的三种模式

地理上与城市合为一体是广州城中村改造的核心和难点。

南方日报：自2009年以来，广州市大力推进城中村改造，广州的城中村改造可以分为哪几种模式？

姚益龙：城中村实际上是随着快速城市化的发展被现代城市包围的计划经济时代形成的农村传统村庄。城中村村民身份是农民和农村户口，土地和经济成分属于集体所有制。所谓城中村改造就是将原来的农民身份变成市民，原来的村委会变成街道居委会，原来的村集体经济组织转变为股份制公司，特别是在地理上将传统村庄与现代城市合为一体。其核心和难点是地理上与城市合为一体的问题。广州市138个城中村占地面积达87.5平方公里，占城市规划建设总用地的22.67%。广州是全国较早开展城中村改造的城市。早在2002年就已经制定了“先行试点、积极稳妥”“一村一策”的改造原则。原计划10年内基本完成全市138条城中村整治改造工作。然而至今仅仅顺利完成“城中村”农民转为居民、村委会转成居委会、村集体经济转为由集体法人股东和个人股东共同持股的股份公司的第一步改造工作。但是地理上与城市合为一体的改造却举步艰难，进展远低于计划和城市发展的需要。直至2008年1月，猎德村的改造工程才正式动工。随后，琶洲、林和、冼村、杨箕等村改造启动。从已经启动城中村改造的实践来看，广州城中村改造可以大致分为三种模式。

一是以村集体为主导的改造模式。其成功主要依靠两点：第一，得到市、区两级政府大力支持，垫资将村土地变为熟地，组织建设回迁安置房。同时将融资地块公开出让的资金全额返还村集体；第二，对拆迁过程中出现的几家“钉子户”以村集体经济组织的名义司法诉讼获得法院支持。但这种“成功模式”有当时特殊的历史背景，今后恐怕难以复制。

二是自主改造模式。采用“前期政府主导编制规划改造方案，由村经济组织自行融资引入开发商进行开发建设”改造方式。用于融资的土地不是采取公开拍卖，而是交由村委会代表村民去寻找合作公司出让方式解决。在这种模式下，村集体成立全资子公司进行安置房建设和商品房销售融资，并按相关政策规定以土地纯收益的50%计收土地出让金，即基准地价的20%。这种模式有利于调动城中村集体经济组织的积极性，但是城中村集体经济组织和开发商在开发经验和各种资源协调能力的不对称，不仅可能诱发合作纠纷，而且可能存在“如何保证村集体和村民实现自身利益最大化”问题。

三是生地出让模式。即将尚未完成拆迁安置的融资地块（生地）以公开出让。中标开发商不仅要承担拆迁安置责任，而且为了防止烂尾风险，开发商先行垫资负责建设回迁房和支付货币补偿款，拆迁资金由区政府和村共同监管。这种模式的特点是将拆迁责任和风险由政府转移到企业。这种模式在政府与拆迁户之间设置了一个很大的缓冲区，就是由企业与村民进行协商，进行利益平衡，通过企业的努力有效化解社会矛盾。

推进改造关键靠法治

依法起诉、有法必依、执法必严，今后仍要作为化解留守户问题的主要手段和最终手段。

南方日报：广州几乎每一个城中村改造项目都有“留守户”（或俗称“钉子户”），您在做国家社会科学基金项目的过程中，对留守户现象有什么观察和研究？

姚益龙：当前在城中村改造过程中核心难点是什么？不是规划设计、建设等技术问题，而是拆迁补偿问题。拆迁补偿最核心的问题就是留守户的问题。根据我们的一项调研，广州城中村改造中的留守户正在呈现快速增长趋势。

琶洲村改造项目在2008年开始启动。到2010年9月底，整村签约率达99%，但是全村仍然有6户共13栋留守户房屋拒不签约，导致无法拆迁。尽管琶洲联社分别于2010年9月7日、2011年1月28日将剩余6户13栋留守户向海珠区人民法院提起诉讼，市中院也做出终审判决，要求剩余4户于判决生效3日内腾空房屋并交付联社，尽管琶洲村全面胜诉，但是“留守户”仍拒不签约交房。

与琶洲村相比较，处于市中心地带的杨箕村的情况则没有那么幸运和乐观。杨箕村的签约率虽然也高达99%，但仍然存在5户留守户，但是很不幸的是这5户留守户刚好都处于杨箕村改造地块的核心位置。这1%的留守户的存在使得开发商迟迟不能开工。留守户的存在使得工期被迫延长、开发成本被迫增加。据测算，留守户每拖延1天，仅开发商支付的临迁费就要增加40万元。不仅如此，工程迟迟不动工还引起已签约搬迁村民的强烈不满，而且还无法向已经签订动迁安置协议、按期交房的村民履行合同义务，面临着更大的社会风险。后来杨箕村实际上是靠提高补偿标准才顺利拆掉。

2009年6月获市政府批准，2010年立项实施改造的荔湾区东漖村改造过程中留守户情况则更加严重。东漖村改造工程共分四期：第一期比较顺利拆迁完毕；第二期涉及村（居）民共计252户，未签约27户（不拆迁、拒绝与联社协谈的有4户）留守户；第三期改造工程目前处于动迁期间，涉及村（居）民共计179户，已签约150户，未签约29户。尽管第四期尚未开始，但是仅仅第二、第三期就出现了56户留守户。留守户比率高达7.7%，是前3个城中村平均数的7.7倍。

从广州市总体情况来看，根据统计，虽然已经开始改造的城中村出现的留守户只有5%的比率。但从琶洲村、杨箕村再到东漖村，广州市城中村改造过程中留守户之间不仅存在着非常明显的“示范效应”，而且相互“攀比效应”也越来越严重。留守户现象有日益增加、迅速蔓延的趋势。改造过程中留守户现象凸显了当前广州市城中村改造进程中留守户问题的严重性和紧迫性。

留守户为什么会成为留守户？我们对留守户进行了一个简单的分类。第一种是明目张胆要钱，提出很高的补偿标准；第二种是借拆迁提出不合理的非经济要求，比如说解决小孩读书问题、外省亲戚落户问题等等；第三是因为宗族矛盾、多年干群矛盾故意搅局。比如说我们这个姓在村里是个小姓，被大姓欺负了几十年，现在要拆迁改造了，我就借这个机会来搅局。

化解留守户的问题，我认为不能继续依靠现在实际上的“多给钱”的办法。市场经济是法制经济，如果没有法制，任何一种改造模式都无法顺利推进城中村改造。依法起诉、有法必依、执法必严今后仍然要作为主要手段和最终手段。从理论上讲，既然集体所有制是公有制的一种形式，那么代表集体所有制性质的村集体利益应该也是公共利益的一种形式。失去了法律强制执行权威，留守户将会越来越多、越来越“顽强”，解决也越来越难。

村集体和村民入股参与城中村改造

广州现有的城中村改造思路特别是土地收储政策应当充分利用社会资本。

南方日报：在您看来，这几个模式各有什么优缺点？在总结经验的基础上，能否形成更和谐、更高效的改造模式？

姚益龙：在现有的三种改造模式之外，我们通过大量调研，想提出第四种模式——“土地证券化的投融资”城中村改造模式。

除了留守户问题外，广州城中村改造的另一大难点是政府的收储资金不足、改造资金多元化问题。广州现有的城中村改造思路特别是土地收储政策仍然是计划经济的思路，没有充分利用社会资本。事实上，我国社会资金数量充裕，只要是改革现有的计划经济指导思想下的土地收储政策，社会资本完全有能力参与“三旧”改造，特别是城中村改造，大大加快“三旧”改造特别是城中村改造的步伐与速度。按照目前的土地收储制度规定只有县级以上“非盈利的”事业单位（土地开发中心）一家垄断，导致收储资金不足，土地收储周期过长，改造速度缓慢。

其实按照十八届三中全会“发挥市场在资源配置中期决定性作用”的精神，作为改革开放最前沿的广州市，完全可以首先试点探索城中村改造的“土地证券化投融资”模式。具体来说，就是将土地当作一种生产要素，采用“土地资产证券化”的思路由市区两级国有公司、开发商参股、少数村集体和少数村民通过现金、土地作价、部分补偿款等方式入股的形式组建“多方参股”的公司方式参与城中村改造涉及的收储土地及其城中村改造。多方参股必须遵循让村民和村集体自愿选择的原则。虽然大部分村集体和村民可能都不会接受这种方式，但只要有10%的村民接受，就可以节省投资资金。未来股份的收益体现后，越来越多的村民可能都会选择这种方式。广州可以选取一些地理位置优越，投资意识高、素质较高的“城中村”先行先试，然后再逐步推广开来。

多方参股的公司成立之后还可以利用BT、BOT等融资方式利用社会资金完成“七通一平”等工作，加快改造的进度。

撰文／曾妮　吴丹

数据

数读城中村改造

广州市共有 138 个城中村

10 年内基本完成全市 138 条登记在册的城中村整治改造工作。

力争用 3-5 年左右时间基本完成位于城市 52 条城中村的全面改造任务,其中亚运会召开前完成猎德、冼村、小新塘、萧岗、三元里、林和、杨箕、琶洲、棠下(白云区)等 9 条城中村的清拆工作。

城中村改造总投资(单位:亿元)

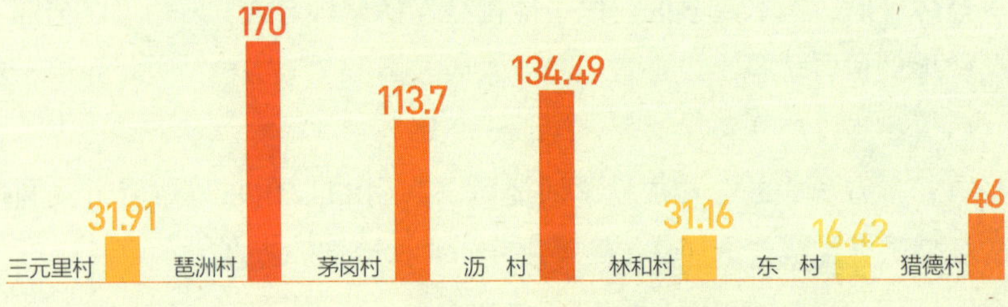

城中村改造成本

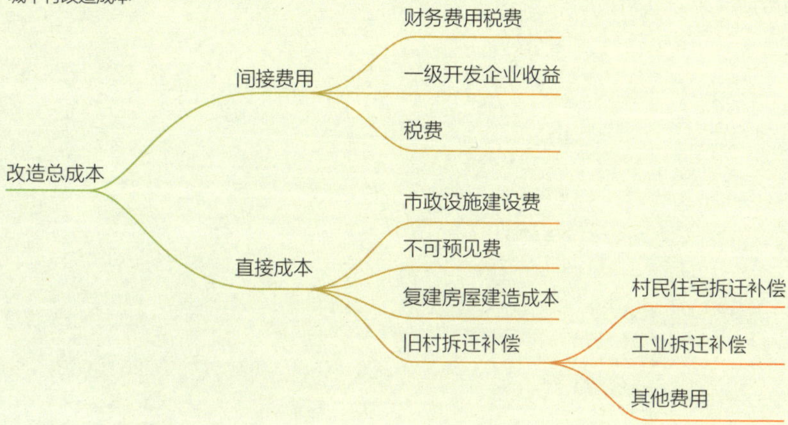

各区登记在册的 138 条城中村

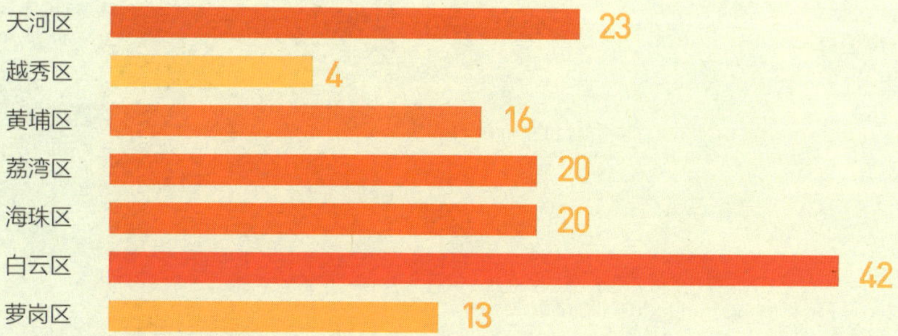

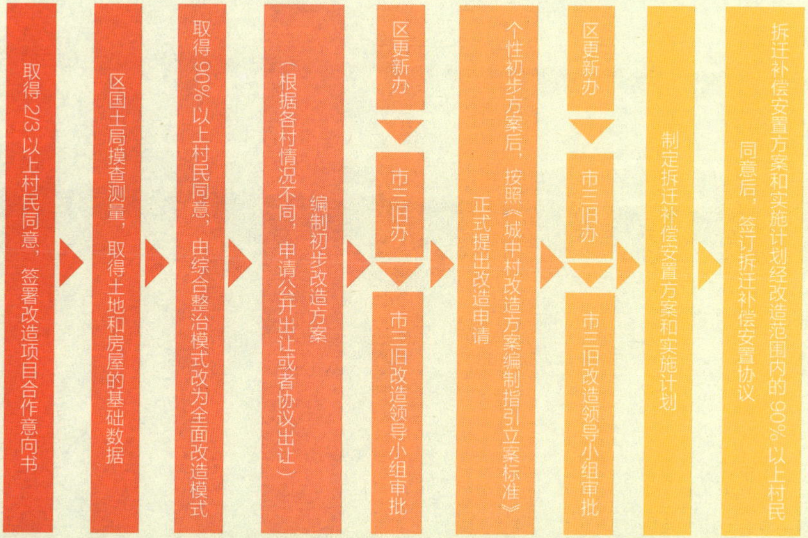

第二部分
物

第一章　地王传奇：这些年，我们见证的地王

2013年
海珠区南洲路1026号
34590
（剔除配建保障房面积后实际楼面地价）
越秀地产
2012年
珠江新城D4-B2商业用地
32968
恒大地产
2008年
员村绢麻厂地块
13016
恒大地产
2007年
白云区云祥路
住宅用地
18729
富力地产
从化区
花都区
增城区
2006年
白云机场路地块
4725
耀华房产
2005年
荔湾西华路商住地块
3595
勤建置业
白云区
越秀区
天河区
黄埔区
荔湾区
海珠区
2011年
珠江新城冼村路和金穗路
的交界处B2-11地块
17933
常元房地产
1998年
海珠区工业大
道南地块
686
恒大地产
番禺区
2010年
白云区云城西路东侧、
横二路南侧、
白云二线北侧白云新城
AB2907008-2地块
20605
保利地产
南沙区
2009年
珠江新城D8-C3地块
15324
越秀地产

“当这个时代到来的时候，锐不可当。万物肆意生长，尘埃与曙光升腾，江河汇聚成川，无名山丘崛起为峰，天地一时，无比开阔。”在《激荡三十年》的开篇题记中，财经作家吴晓波这样写道。

“地王”的出现，从某个侧面上说，正是这个激荡时代的深刻烙印，也映射着城市快速生长的旺盛活力和对未来无限广阔发展的急切憧憬。土地的饕餮盛宴撩动着财富之眼，土地资源的稀缺和奔涌流动的资金把城市推向另一个层面上的高度。

有人的地方就有江湖。“地王”的江湖里，白手起家的财富传奇被口口相传，焦灼角力的速度与激情背后，更多的是土地上升腾的梦想与希望。

关于“地王”火拼的硝烟会散去，城市的美好生活仍要继续。

在这里感受楼市风向

位于珠江新城的广州市房地产交易登记中心，二楼的业务大厅人来人往，每年广州发房产证达到50万本，有20多万本房产证是从这里发出的。

很多人不知道，三楼平时大门紧闭的土地拍卖大厅，是一个诞生“地王”的地方。每一次“地王”的落锤，荡漾起的余波，都会在广州楼市的江湖里翻起波浪，影响着这座城市的房价，影响着城市里的每一个人。

有段时间，在广州市房地产市场浸淫多年的合富辉煌首席市场分析师黎文江是这里的常客。这里是广州楼市的风口，可以最直观地感受风向。

“战争已经开始，虽然看不见硝烟！”黎文江引用《货币战争》

中的一句话说。

财富的角力，意志的拉扯，甚至于赌徒的狂热……数百平方米的大厅夹杂着诸多复杂的因素。轻飘飘的一次举牌，代表着开发商要掏出成百上千万的真金白银，代表着很多人奋斗一辈子都难以企及的高度。战至酣时，有人紧张地敲着计算机，有人则开始频繁向场外打电话请示，有人激动欢呼，有人失意落寞。

土地拍卖槌起槌落，“地王”更迭背后，是人生命运沉浮的奇妙际遇。

黎文江清晰地记得这样一个细节：1998年6月23日，广州市政府举行中心城区的首次土地拍卖会。当时默默无闻的民营企业恒大实业集团以1.34亿元的价格拿到了海珠区工业大道南的农药厂地块，楼面地价仅686元／平方米，土地出让金可在1年内分期缴付。

在业界人士的回忆里，彼时，土地招拍挂还是个新鲜事物，开发商更多地靠协议出让拿地，许家印白手起家创立恒大实业集团公司刚刚两年，拿地不易，于是将目光投向了还是新生事物的土地拍卖会。

半年之后，在这块农药厂地块上推出了名为“金碧花园”的首期项目，以2500元／平方米的价格开卖，由于价格低，创下广州市民昼夜排队买楼，日进账亿元的奇迹。

时间到了2012年。这年6月，恒大地产以13.22亿元的超高价位拿下天河区珠江新城D4-B2地块，折合楼面地价达32968元／平方米，成为单价最高的广州“地王”。此时的许家印，早已坐上了中国首富的宝座。

房产记者詹原（化名）参加了这场土地拍卖会。从2006年开始，詹原几乎每场不落地跟踪着土地拍卖，目睹着土地拍卖大厅的人来人往，目睹着一个个“地王”的诞生与沉浮。

每次到土地拍卖现场，詹原和小伙伴们都要费力地从人堆里辨

▲房企巨鳄争相抢地，每一次举牌都引来关注

认，究竟哪家开发商来了，究竟有哪位地产大佬出现了。

“大佬出现的时候，比较容易出现地王。”詹原总结出这样一条“地王”规律。

1月28日，2014年广州首场土地拍卖会正式上演，7幅房地产建设用地齐齐亮相，引来22家开发商进场争抢。

“今天有好戏看。”看到广东保利董事长余英亲自压阵，詹原轻轻碰了一下身边的同行。

果然，番禺区钟村街汉溪村地块、黄埔区蟹山路48号地块在开发商的激烈争夺之下，纷纷刷新区域地价新高，得主都是保利地产。

下午4时，两幅“地王”到手后的余英发了这样一条微博——三个笑脸。一切，尽在不言中。

有人笑，有人哭。詹原说，某房企一名负责土地拍卖的副总经常出入土地拍卖大厅，但是有一次在一幅重要地块的争夺中败下阵来，之后便淡出江湖，后来听说是调去分管别的领域。

胜负之间，槌起槌落，地王的权杖不停地在开发商手上易主，地价一路飙升。

2006年，珠江新城商业用地折合楼面地价4000多元每平方米，詹原和她的同行们冠之以“地王”称号。“现在看，这个早年的地王价格简直微不足道。”

2007年，在市场最为疯狂的时候，27块地的地价因为一次次刷新了所属区域地价的新高，被冠以“地王”的称号。

黎文江和詹原都不约而同地提起了2007年9月11日这“漫长”的一天。拍卖大厅里聚集了来自全国的37家开发商，每一块土地的成交，都经过上百轮竞价厮杀，并以超过标底数倍的价格成交。

白云区云祥路地块经过长达45分钟、137轮的竞拍，“啪”的一声落锤后，楼面地价为18729元/平方米的广州新“地王”出炉了。

那一天，广州卖地收入达到破纪录的95.1亿元。

历史似乎又在重演。2013年，广州土地市场不仅刷新了全市单价地王纪录，还造就了8个区域地王，堪称“地王年”。

“面粉继续贵过面包！”黎文江感慨。

黎文江手头还保留着这样一组数据：广州市以招拍挂方式出让住宅用地的平均楼面地价逐年稳步上升，从2002年2146元/平方米升至2006年的2955元/平方米，年均增幅9.4%。2007年多宗高价地拍出导致平均楼面地价达5907元/平方米，比2006年增长100%。

而广州市房协提供的数据显示，2013年，广州商品住宅用地的平均楼面地价为8060元/平方米，同比2012年增长11.1%。12年间，商品住宅地价上涨了275%。

在不知不觉之间，在城市向上生长的进程中，土地的价格在不停上涨。

地王冲击波

从海珠区大沙村与珠江御景湾之间的小路往南走，沿路是临时的工厂、仓库，“嗞嗞”的铁焊声此起彼伏，由近及远。越过一座小桥，便到达广州市建港工程公司的原址，墙上镶嵌着铁制蓝色的门牌号码——南洲路1026号。

土地拍卖大厅的弥漫硝烟与这片土地的命运休戚相关。2013年5月底，南洲路1026号地块拍出34590元/平方米的楼面地价，成为广州新地王，距离5月6日佳兆业拿下白云区同宝路“地王”仅仅半个月。

这就是现在广州楼面价最贵的“地王”？找到这里时，詹原不禁点开手机里的百度地图，又确认了一遍。

“这边一片都是仓库，都很久了。具体什么时候建，我们这些仓库怎么办，都还不清楚，可能要面临搬迁的问题。”附近守着仓库的一个阿姨眯着眼，絮絮叨叨地说：“等以后这边的新楼建起来，听说会卖得很贵……”

詹原走了几个楼盘发现，不用再等以后，涨价就在眼前。销售人员或看楼客口边都挂着“地王”二字，显示地王效应继续发酵。

一家大型地产中介的销售介绍，该地块附近在售的豪宅楼盘为罗马家园，其最后一期临江豪宅即将开盘，售价在3万—3.5万元/平方米。

詹原一年多前来这里采访时，这里的房价还是带装修均价18000/

平方米，最低16000元／平方米。

“还好去年买房了。照着现在地王这个架势，我现在已经买不起房了。”詹原在2012年10月份在海珠区买了一套二手房，40平方米，60万元左右。詹原唯一遗憾的是，买的房子面积太小，“以后换房成本加重了”。

当詹原走在寻访南洲路地王的路上时，住在罗马家园的阿文则是一路快走，穿过杂乱的沥滘村，赶地铁到位于天河的公司上班。搭客仔的电动车风一样飞驰，与阿文擦身而过。

小区的业主论坛里，邻居们热烈讨论着身边的“地王”。

“新地王出了之后，放盘该怎么定价？”有业主发帖。“到底是hold住先等后市涨，还是尽快放盘。尽快觉得后市还有空间，太迟放又怕房产税杀到。”这位业主有点纠结。

“看好后市，别抛了。”有人出主意。

“就怕涨太多了没人买。”有人担心。

“地王出来长远还是要升，反正慢慢等，要怪就怪开发商抬地价吧……”

“地王拍出后，业主的心态更加坚定，在10个业主当中，有两三个会通过抬高放盘价的方式表示不着急卖。有个业主原本的放盘价是2.6万元／平方米，地王出来后当即把价格调高到2.8万元／平方米，至今还没有成交，业主就是不想卖的那种。”中介李先生说。

“想不通怎么会卖得这么贵了。”相比“豪宅业主”，阿文更喜欢以“城乡接合部文艺女青年”自居，楼盘周边城中村的杂乱让她如鲠在喉。

2007年，阿文买了这里的房子，97平方米，8000多元每平方米。当听到别人说她抄底成功的时候，阿文总是喜欢举隔壁楼邻居的例子，“人家买的时候才4000多元一平方呢”。

阿文最近在盘算着换房，“小孩要读书，想买个学位房”，但是她发现，就算卖掉手头的房子，要想在老城区买到称心如意的学位房，“也不容易了”。阿文甚至心灰意冷一声叹息：“市中心买不起啊！”

31岁的薛亮和阿文一样，在天河密密麻麻的写字楼里上班，“挨踢民工一枚”。薛亮和相恋两年的女友准备结婚，买房被提上了议程。

“在这之前，我从来没有因为高房价而受到困扰，我甚至对广州的二手房均价一无所知。”在罗马家园看了一轮房子下来，薛亮才意识到，原来自己的那点积蓄只够买一个厕所。

“没想到，房价会这么高。”薛亮垂头丧气地说，“早知道2006年刚来广州就买房，借钱也买！”尽管懊恼，但事实摆在眼前。

不断看到“地王”出炉的新闻，薛亮难以再淡定地“吃着火锅唱着歌”。“今年一定要把房子买下来，我不希望结婚之后还住在别人家里。”

看房、看房，从海珠、番禺，到增城、南沙……最终，薛亮在南沙停下了脚步。2013年9月，他在这里买下一套二手房，“离地铁站很近，总价不过百万，还可以接受”。

“哥买的不是南沙的现在，而是未来。”在薛亮看来，作为国家新区的南沙可能将拥有更为广阔的发展前景，甚至有跻身自贸区的可能，上海自贸区获批后，当地物业价值的飞涨让薛亮找到了参照物。

薛亮不知道的是，在他买房的几个月前，广东保利地产有限公司以5.08亿元连夺南沙两宗地块，并将南沙地王价格刷新至6434元/平方米。他迂回的购房轨迹，始终走不出“地王”跑马圈地的版图。

在城市鳞次栉比的高楼大厦背后，房价与地价到底是什么关系，很多人说不清、道不明。

黎文江说，房价与地价其实是鸡与鸡蛋的关系。

▲南沙新区规划图

世联行首席技术官、广州分公司董事长黎振伟说，其实是预期房价刺激着地价上涨，开发商预料到房价可以涨到那么高才敢出手高价拿地，但是遇上不好的年份，地王可能也会砸在手里。

救赎

“不好的年份”说来就来。从去年的狂飙突进、疯狂圈地，到如今的风声鹤唳、崩盘流言四起，仅仅就是几个月时间。

这一幕似曾相识。从2007年的天价地王频现，到2008年底开始的楼市调整，市场的风云变幻让“地王”们一下子跌落云端。

广东中原地产项目部总经理黄韬操盘过多个“地王”项目的销售。“我们曾经做过一个‘地王’项目的前期销售咨询，开发商告诉我们，拿到‘地王’后，马上就后悔了。”最终，这出“地王”闹剧以开发商黯然退地收场。

黎文江与“地王”有过更为直接的交锋。

2009年6月，黎文江和合富辉煌市场研究部同事们通过查找房管局资料，向开发商收料以及实地探访等多种方式，花了很长时间才搜集整理出相关数据，虽然早有心理准备，但得出的结果仍令他本人大吃一惊：

“2007年高于当年平均楼面地价的27个‘地王’土地面积和可建筑面积分别占当年出让总量的43.8%和46.4%。而两年之后，未售或未动工的‘地王’还有24个，其中正在动工未售3块，其余21块未见施工。这些未变成产品的地王土地面积共121.4万平方米，可建筑面积232.4万平方米，其规模接近2008年的住宅用地总出让量，可见问题严重程度。”

拿着这一份“地王”报告，詹原按图索骥开始“地王”之旅。“写着‘拆’字的楼拆了一半又搁置在那里，旁边杂草丛生。”在一幅2007年的“地王”现场，詹原看到这样的景象。

越来越多媒体加入了调查广州“地王”晒太阳的行列，连央视记者也闻风而至。

詹原至今对那场自己从业以来最严厉的清算“地王”行动记忆犹新：

——2009年8月，没收2007年“地王”中莱投资8000万元保证金并收回土地的严厉处罚，拉开了广州惩处闲置土地的序幕。

——11月底，广州市国土房管局一口气发出22封动工催促函，向越秀城建、雅居乐、保利、粤海等17家房地产企业发出“圈地”警告。

——12月，《广州市闲置土地处理办法（修订草案）》经过广州市政府常务会议讨论并原则通过。其中规定，将对闲置土地征收增值地价，某些土地一旦确认闲置，土地成本可能翻倍……

当时，黎振伟在琶洲高耸入云的写字楼里接受财经记者的采访，俯瞰朦胧细雨中的珠江对岸，那里有一片差点让巨鳄“沉沦”的土地。

那里是天河员村绢麻厂地块。2008年1月8日，经历228轮举牌，彼时渴求上市的恒大艰难战胜保利、奥园等劲敌，最终以总价41亿元、楼面地价13053元／平方米，拿下这块当年天河区新地王。

随后，楼市急转而下。当年4月恒大赴港上市受挫，绢麻厂地块疑云密布，退地之说流传甚广。

直至2010年初，广州市国土房管局宣布注销三幅土地出让合同，天河绢麻厂“地王”便在其中，被没收土地出让金1.3亿元。

绢麻厂地块风波和落差巨大的市场调整，成为黎振伟职业生涯最具震撼性的记忆，也是那年楼市风云里最让人印象深刻的段落。

然而，市场风云突变，狂风暴雨之后，很多人没有想到，艳阳天到来得如此之快。从2009年底开始重回涨势的房价，让纠结的“地王”们摆脱了骑虎难下的尴尬，完成了自我的救赎。

黄韬说，广州楼市重回快车道，市场行情快速回暖，大好行情令发展商信心百倍。越来越多的曾经“晒太阳”，荒草凄凄的地王上开始机器轰鸣，塔吊林立。

黄韬曾参与策划的广州科学城KXC-F8-1-1地块便是其中之一。这一地块曾被广东中莱投资有限公司以44.75亿元天价竞得，折合楼面地价6321元／平方米，成为开发区地王。

这幅“地王”2007年在清算中被政府收回后，2009年重出江湖，最终以43.41亿元出让，折合楼面价为7074元／平方米，再度登基新“地王”。

现在，在这块土地上，名为“富春山居”的楼盘已经开卖，打出的最新广告是“总价约为330万元起步，天河区绝无仅有的2字头豪宅”。

黎振伟在广州干过八年的开发商，从广州第一个甲级写字楼项目——广州世贸中心策划，再到广州当时最大的豪宅小区——淘金坑小区的开发，都有他的身影。

黎振伟说，早期开发商拿地成本普遍较低，因此开发商利润率普遍较高，而随着“地王”的频频出现，实际上开发商的利润率在降低。“随着地王的产生，企业运营能力、抗风险能力都要提升，否则搞不好就会陷入困境。”

广东省房协理事、专家咨询委员会委员赵卓文成功主持过国内200多个大型房地产项目的策划、营销和开发。他发现：作为市场的投资主体，发展商的盈利水平在下降。以龙头企业万科为例，2013年集体实现营业收入1354.2亿元，同期实现净利润151.2亿元，结算利润率为12.01%。尽管房地产有杠杆效应，万科全面摊薄的净资产收益率为19.66%。

赵卓文说，房地产行业毛利率普遍下降，一方面是土地市场规范，公开出让的土地成本高企，发展商资金压力加大。另一方面是楼价上涨到一定幅度后，开发商被迫做“高端”，做“豪宅”，销售速度、销售绝对量都呈下降趋势。以“地王”项目为例，楼面地价2万元／平方米，3年下来资金成本接近6000元／平方米，税费5000元／平方米，土建及装修5000元／平方米，开发商卖4万元／平方米，仅仅只有微利。

尽管微利，但是房企们普遍有着“土地焦虑症”——在看涨预期下，希望通过主动抢先拿地，勒紧裤腰带积极补仓，这样既能锁定后期的用地成本，同时能提前捕获了土地增值带来的项目增值机遇。有着70万粉丝的余英在微博上调侃说，“不买地马上死，买了地可能死也可能不死”。

“连地都拿不到，更不要说做开发……我们已经不可回避地王产生。”黎振伟说。

黎振伟说，土地资源作为城市的一种稀缺的资源，是不可再生的，土地价值的提升实际上显现着市场配置资源要素的决定性作用。

他认为，对于“地王”，关键是政府要“两条腿”走路，除了市场之外，还需要更多地做好住房保障的工作。

“地王”背后，有人担心会产生“土地依赖症”。数据显示，“十一五”期间，广州市本级年均土地出让收入约230亿元，土地出让总收入和土地平均价格，在一线城市中是最少和最低的。而到2013年，广州全市土地出让收入高达838亿元。

黎振伟的观点是，土地出让金收入高并不是坏事，是城市价值的体现，关键要看这笔钱是否投入城市交通、环境等方面的建设，用之于民。

马年刚到，广州就公布了2014年土地供应计划，比以往年份都要来得更早。土地供应的总宗数和总面积，均创出三年来的“新高”。

一场崭新的战役，又将打响。

撰文／郑佳欣　陈浩兴

访谈：引进市场力量　跳出地荒困境

中山大学港澳珠江三角洲研究中心副主任　林江

林江

“地王”变“楼王”，这是谁的胜利？“地王”到底是块烫手的山芋，还是一个价值巨大的聚宝盆？十年之间，广州的地王由市中心一直外溢到番禺、萝岗、南沙，仍然让众多房企争先恐后、趋之若鹜，这背后究竟隐藏着什么样的密码？

中山大学港澳珠江三角洲研究中心副主任林江接受了本报记者的采访。他提出，广州应该在盘活土地存量上大力引进市场的力量和市场运作机制，并将之作为一种城市发展的新思维和新模式。

“土地金融化是市场机制在起作用”

地王频现，意味着众多的发展商认为这个城市的土地，尤其是核心区域的土地供应已经不多了，现在用高价投地依然有可观的回报。

“我们不应对地王频现的现象太早预设立场，既然我们相信市场，相信市场机制，地王频现则是相关利益团体和投资者看好这个城市的未来，愿意用较高的代价投地，而我们也要先假设发展商不是傻子，他们经过精心计算之后，认为还是有利可图才会举手投地，故我们不应太过紧张。至于如何稳定土地市场的价格，道理很简单，就是需求和供给要平衡。”林江表示，如果地王频现，则意味着众多的发展商认为这个城市的土地，尤其是核心区域的土地供应已经不多了，现在用高价投地依然有可观的回报。如果政府此时能够增加土地供应，或者通过三旧改造等手段活化区内的相关土地物业，那么从中长期而言还是可以稳定土地市场价格的。

广州如何摆脱对土地财政的依赖？林江表示，要摆脱对土地财政的依赖，主要有两条出路：一是调整中央和地方的财政关系，在税收分成上让包括广州在内的地方政府拥有更多的可以支配的财政资源，二是积极发展经济，做大蛋糕，从而创造更多的财政收入。“土地财政可能并非地方政府愿意见到的结果，可能是无可奈何的情况下的一种选择。”林江认为，在新的历史条件下，广州市要面对用地指标紧张的挑战，如果能够加快三旧改造的步伐，我认为广州有可能走出一条逐步摆脱对土地财政依赖的新路子。

土地财政、土地金融化的问题备受关注。在林江看来，十八届三中全会决议提出要充分发挥市场对资源配置起决定性的作用，土地金融化本身就是市场机制在起作用。“土地金融化本身并不可怕，事实上，如果善用市场机制，把土地资源通过金融创新的手段实现其由存量沉淀变成流量盘活，这可能是解决地方政府财政紧张的一个重要的渠道。”林江指出，从银行的角度看，经过风险评估，如果认为金融风险是可控的，银行愿意加入以土地作为载体的金融创新之中，而地方政府也可以通过土地金融化实现中央政府所希望建立的混合经济体制，说不定还可以推动金融业和房地产行业的转型升级。“地王是否频现应该由市场说了算，我们不应预设立场。”

林江表示，地方政府大拆大建，带来了对房地产行业的庞大需求，另一方面，我国的老百姓大多希望尽早拥有自己的物业，也为房地产行业提供了刚性需求，“房地产行业还是会继续扮演重要角色”。

他也提出自己的担忧：“如果房地产价格飞涨，的确会对转型升级带来负面的影响，因为地价和房价太高，会导致大量的制造业从业者相继离开制造业，转为从事投机性较强的房地产行业，这对产业转型升级是不利的。”

“粗放式发展模式不可持续”

如果广州能够在盘活土地存量上大力引进市场的力量和市场运作机制，并将之作为一种城市发展的新思维和新模式，反而有助于广州跳出用地荒的困境。

“地王”背后隐藏着一项重大的命题：土地资源的稀缺。在市场化背景下，一线城市由于“人多地少”的客观特征，供求关系持续紧张，投资价值被品牌房企中长期看好，也势必会导致品牌房企积极布局一线城市的土地市场。

国土资源部部长姜大明在2014年全国国土资源工作会议上表示，今后将逐步调减东部地区新增建设用地供应，特别是人口500万以上的特大城市，除生活用地外，原则上将不再安排新增建设用地。

像广州这样的一线城市，如何跳出“地荒”的恐慌?

“这是一种倒逼机制。”林江说。他表示，东部地区经济发展的瓶颈来自于经济结构的不合理，而折射到土地经济上，则是大量的旧厂房、老住宅没有活化，而过去地方政府又比较依赖摊大饼式的发展模式，耗用了大量的土地资源，人们称之为是粗放式的发展模式，如果这种发展模式一天不改变，如果中央没有相应的政策要求，东部地区依然还会在传统发展模式上采取路径依赖的办法，而这种粗放式发展模式显然是不可持续的。

数据显示，2012年底，广州可开发利用的平地资源只剩下不到

600平方公里，按照现在每年近40平方公里的新增耗地速度，15年左右广州将无地可用。而另一方面，广州农村建设用地总量603平方公里，占全市建设用地总量的40%，但产出率只有国有建设用地的1/10。可以看到，农村土地管理相对粗放、无序，低效用地和闲置用地较多，沉疴已现。

林江分析说，以盘活存量为主，逐步调减新增建设用地供应，并非是要压抑包括广州在内的城市群的发展，而是希望成功倒逼东部城市能够依仗其比较雄厚的经济实力以及对市场机制的灵活运用的能力，实现城市群经济的可持续发展。

“表面上看，对广州而言，新增建设用地供应收紧，会对城市的发展带来影响，但是想深一层，如果广州能够在盘活土地存量上大力引进市场的力量和市场运作机制，并将之作为一种城市发展的新思维和新模式，反而有助于广州跳出用地荒的困境。”林江说。

专家表示，土地问题的根本出路在于变外延式的、粗放的土地利用方式为更集约的土地利用方式。在政策引导之外，需通过建立合理的经济机制促进土地使用者的集约用地行为。

数据

广州房价走势

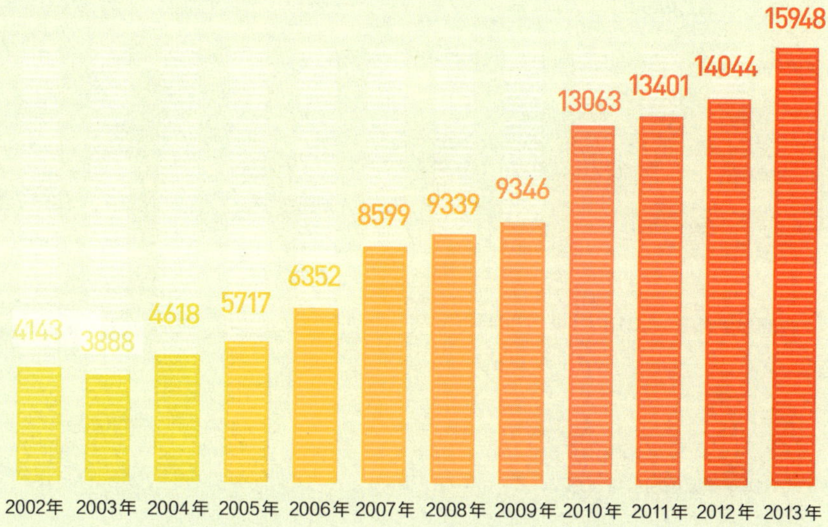

2013年：广州房地产市场用地成交120宗，总用地面积625.55万平方米，成交总金额607.25亿元。其中，商品住宅用地成交18宗，占地面积为124.84万平方米，占整个土地成交的20%，成交金额252.27亿元，折合平均楼面地价约为8060元／平方米；商服用地成交38 宗，占地面积为135.23万平方米，占总成交用地面积的21.6%；工业用地成交64宗，占地面积365.48万平方米，占土地总成交面积的58.4%。

2014年：广州全市住宅用地计划供应量6.66平方公里（其中商品住宅用地5.27平方公里，保障房用地1.39平方公里），略高于2013 年实际供应量6.49平方公里，比全市前五年住宅用地年均供应量（5.52平方公里）增加20.7%。全市商服用地计划供应量5.09平方公里，比2013年增长了64.7%。

广州近五年土地出让收入

（国有土地使用权出让金收入，单位：亿元）

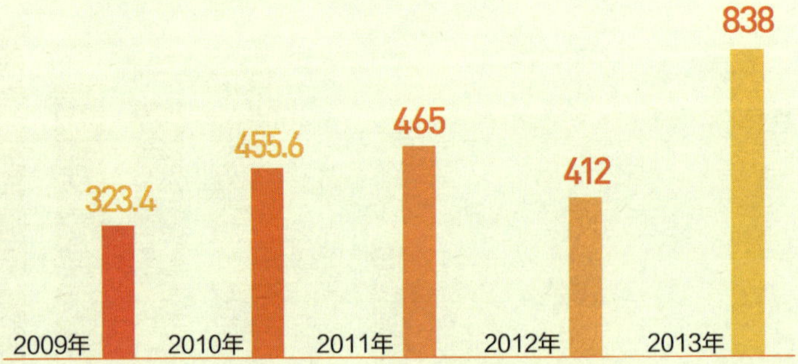

2014年建设用地供应计划

83宗商业用地出让计划

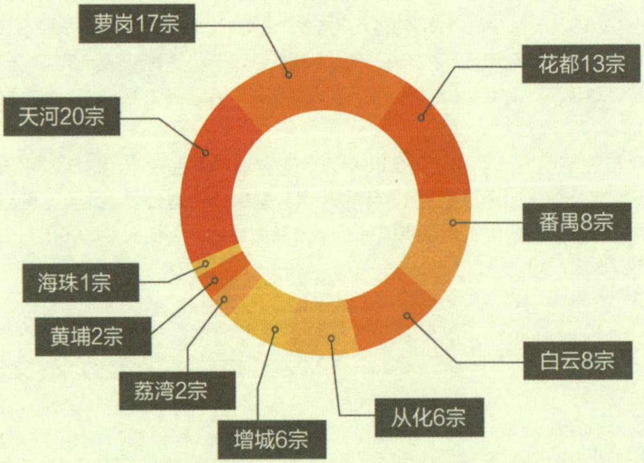

64宗居住用地出让计划

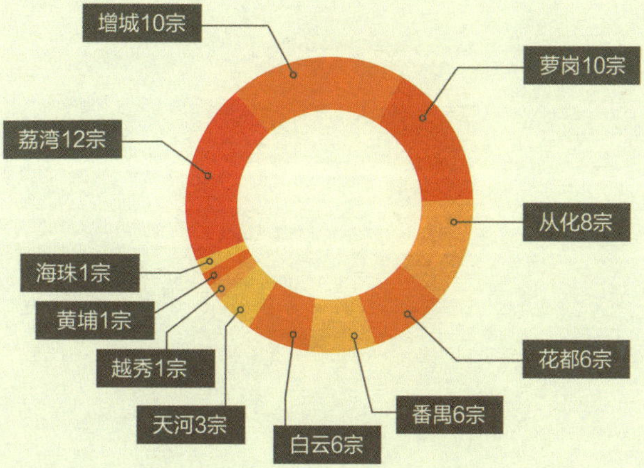

第二章　地标变迁：刷新的不仅仅是高度

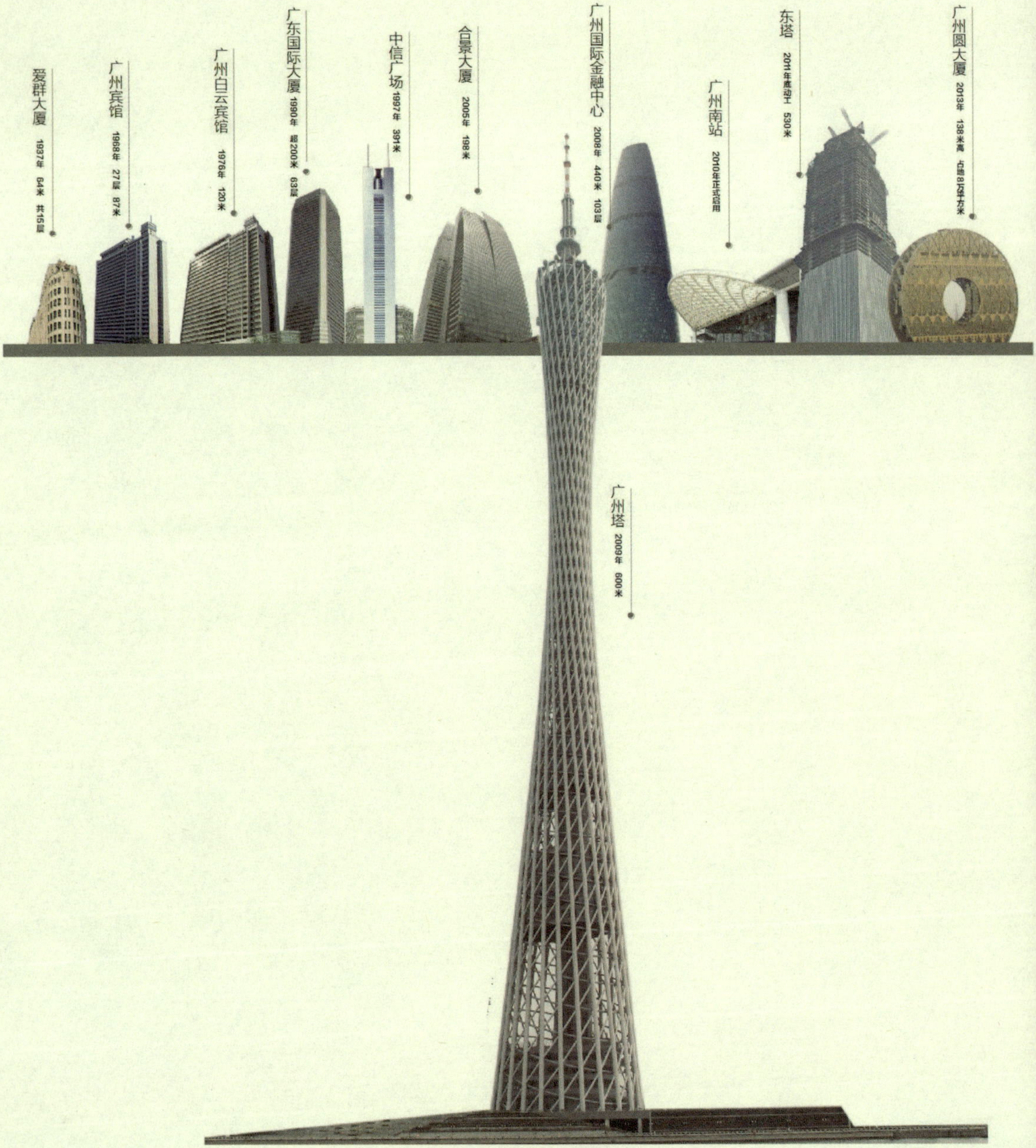
爱群大厦 1937年 64米 共15层
广州宾馆 1968年 27层 87米
广州白云宾馆 1976年 120米
广东国际大厦 1990年 超200米 63层
中信广场 1997年 391米
合景大厦 2005年 198米
广州国际金融中心 2008年 440米 103层
广州南站 2010年正式启用
东塔 2011年底动工 530米
广州圆大厦 2013年 138米高 占地8万平方米
广州塔 2009年 600米

与城市变迁相伴的，是地标的更迭。不知何时开始，在广州市的不少宣传推介资料中，广州的标志已悄然从五羊石像变成了广州塔。

面对遍地的高楼，不再有人会费劲地仰起脑袋，数一数一栋楼到底有多少层，这让曾经的地标建筑“27层”“32层”“63层”褪去了荣光。

在东沙大桥以东的珠江北岸，一座外立面呈金黄色的巨大圆形建筑耸立在江边，不少人感慨：大楼还能这样盖。

在广州南站，巨大的“芭蕉叶”建筑在给旅客带来更快的速度时，好看不好用的质疑从来没有停息。

日益国际化的广州，摩天大厦、奇特建筑、宏大体量，争夺各种“第一”的宝座，似乎成为了各个新建设区地标的“标配”。

高
城市地标只能是摩天大楼?

因为家住曾经的广州第一高楼附近，老广州人德叔对地标性的高楼有着特殊的感情。他介绍，建国之前，广州最高的建筑是高64米，共15层的爱群大厦，这座被誉为“开广州高层建筑之新纪元”的大楼占据了广州第一高楼宝座30年之久。

1968年，27层87米的广州宾馆建成，成为了广州最高建筑。“听说在这个当时的制高点，其天台上还曾经安装过炮台，专门设有3门大炮，对着海珠桥。”

20世纪70年代，就在德叔家附近，高达120米的广州白云宾馆拔地而起，成为了当时中国第一高楼。“记得这栋楼刚建成时，别人问我住哪里，我总是自豪地回答，就在那个32层，中国最高的楼附近。”

德叔回忆，那个时候广州高楼还很少，经常有一些市民非常好奇地站在楼下，然后仰起脑袋，一层一层往上数。“哇，有32层！”这是当年人们对这栋楼最普遍的一句感慨。在当时，白云宾馆和广州宾馆在偌大的五羊城，有鹤立鸡群的味道。于是，在一些市民的口语中，“27层”便成了广州宾馆的外号，而“32层”则成了白云宾馆的代号。

进入80年代后，改革开放春风吹来，广州经济蓬勃发展，一座座高楼更是像雨后春笋般拔地而起，争相夺取“广州第一高”的宝座。90年代初期，主楼超过200米，层数多达63层的广东国际大厦再次拔高了广州的天际线，成为内地最高的建筑物。英国、法国、德国等驻广州领事馆都曾经是这一地标性建筑的主要租户。而广州人则习惯称之为“63层”。

“广东国际大厦是广州民间最后一座以层数来命名的地标。”德叔说，或者是广州高楼太多了，或者是广州的楼已经太高了，数不清层数了，在这之后，广州便没有新的地标因层数而被人所熟知了。

继广东国际大厦之后登顶的是1997年落成的高达391米的中信广场。德叔说，中信广场之后，广州的摩天大楼地标便进入了珠江新城时代。“也许是年纪的原因，虽然广州的楼越建越高，但对这些新的地标，我却总感觉少了当初的那股新鲜劲。”

与德叔感觉不同，对于珠江新城的地标性建筑，中建钢结构公司东塔项目部技术总工汪永胜有着特殊的感情。在他看来，珠江新城的地标建筑才真正代表了广州的现代化城市水平。

2004年，作为一名普通的工程人员，汪永胜被中建钢结构公司派去参加珠江新城合景大厦的建设。“当时整个珠江新城还没有一座高楼，包括合景大厦、东塔、西塔等高楼所在的地块都是荒地，杂草丛生。”

▲广州珠江新城的东塔即将竣工。梁文祥 摄

►夜幕下的东西双塔。肖雄 摄

汪永胜介绍，2005年，高达198米的合景大厦建成后成为了珠江新城的第一高度。之后，珠江新城开始进入摩天大楼建设的高峰期。

在参建了全球通大厦等几栋高楼后，2007年初，汪永胜成为了广州新的地标——高达440米的广州西塔项目的工程部门副经理。

伴随着最高建筑高度的增长，汪永胜的事业也蒸蒸日上。2011年底，广州新的高度——530米的东塔项目动工了。因为有了合景大厦、西塔等项目的磨炼，汪永胜成为了东塔项目的总工程师。

如今，东塔项目高度已超过西塔，即将正式封顶。不到十年时间，亲手参与建设了一整片的摩天大厦，这让汪永胜觉得十分自豪，而每次看到这些大厦，他都会有一种特殊的情感。“比如说西塔，自从建好之后，我就没有机会上去了。现在，我总想着什么时候能再上去看看。”汪永胜说，不仅他有这种情结，对于曾经奋斗过的地方，工程人员都有很深的情感。他向记者透露，西塔有一条只有工程人员才知道的“秘密通道”，在西塔竣工之后，曾有同事悄悄攀上楼顶，追忆曾经的工作场景。不过这条“秘密通道”在一次事故之后，已经被封闭了。

“现在东塔也快封顶了，我们马上也要撤离了。东塔的每个角落我都非常熟悉，但可以肯定的是，装修完之后它肯定会面目全非，我再进去估计也会迷路。”汪永胜说。

不到10年时间，在曾经的农田里，珠江新城崛起了一大片摩天大厦。东塔项目总经理叶浩文介绍，广州东塔的建设及建成引领着华南地区新一轮的发展及城市建设热潮，在其之后，广深多地先后涌现出了多座超高层建筑，如深圳平安大厦等。封顶后的广州东塔是继广州西塔、深圳京基100之后的又一座百层高楼，从外形和城市景观的角度来说，标志着广州第一高楼正式落成。封顶后的广州东塔，加上已经建成的广州塔和西塔，将完整勾勒广州新城市三塔鼎立的城市天际线，形成广州极具国际影响力的城市新景观，加快广州迈向国际化大都市的步伐。

的确，正如叶浩文所说的，超高层建筑热潮已经走出了珠江新城，并开始在广州各个规划中的新城蔓延。根据《白鹅潭控制性详细规划》，芳村白鹅潭边将规划新建500米的钻石大厦、400米的金色大厦和300米的银色大厦。

广州国际金融城规划竞赛中，3号方案规划的标志性建筑“金融塔”高达600米，方案将之称为“广州最高建筑，也是广州城市天际线上最显著坐标”。虽然目前正式的方案最终敲定地标降为450米，比原最高高度低150米，但这一楼高仍然超过了已建成的珠江新城西塔高度。

根据规划，广州南站周边同样将矗立起众多摩天大楼。值得一提的是，广州南站A0516地块规划为广州南站地区的制高点——350米标志性塔楼，与391米高的中信广场仅仅相差41米。该塔楼一旦建成，有可能成为仅次于珠江新城西塔、东塔和中信广场的广州第四高楼。

城市地标只能是摩天大楼？难道只有摩天大厦才能体现规划的现代感和国际性？不少专家学者都对一些新城规划方案过分强调超高层提出了质疑。在国际金融城规划的一次专家评审会上，工程院院士邹德慈就明确表示，很多大城市都在建的摩天大厦其实没有太大必要。因为超高层建筑投资大，用处反而并不太大。他认为，一个城市的地标可以是多种多样的，不一定非得通过高度来衡量，地标也可以是纪念碑或者是其他值得纪念的建筑，比如北京的天安门肯定是地标，但并不是摩天大楼。

除了专家之外，一些商业地产界人士则担心，广州扎堆建设地标性高楼，未来可能产生恶性竞争。有业内人士表示，目前广州超高层写字楼的出租率并不理想，珠江新城超5A级写字楼就有十几栋，供大于求。现在的西塔，真正的出租率并不高。从珠江新城的经验看，目前出租得最好的并非地标建筑IFC，因为它的租金门槛太高，只有国内经济实力强大的企业，需要以入驻地标建筑提高形象才会租用。但世界500强企业反而不太在乎地标，只是关注性价比。在珠江新城，月租金更低的高德置地，反而出租情况比较好。

虽然东塔的东家——周大福集团董事长郑家纯在东塔奠基时就表示，东塔与西塔无所谓竞争关系，因为两者的建成时间和外立面风格均不一样，反而会形成互补。但仍然有不少商业界人士担心，在超高层写字楼规划定位、产品定位同质化严重的情况下，随着东塔的建成，以及金融城等地再建超高建筑，广州地标性的摩天大厦之间极有可能形成不良的恶性竞争。

大
追求规模宏大还是实用？

2010年，广州南站正式启用，成为了全国乃至全亚洲最大的轨道交通枢纽之一。这座车站南北向长580米，东西向宽475米。总建筑面积超过了50万平方米，比白云机场第一航站楼还大。与奥运场馆“鸟巢”一样，这座车站也是用钢搭起来的，仅钢结构就投资了21亿元，占了车站大楼总投资的28.5%。钢结构安装的重量达7.89万吨，是“鸟巢”的1.7倍。因为其中心枢纽地位，广州南站建好之后，马上成为了番禺显著的地标。根据规划，围绕南站这一地标，还将建设一个旨在打造“华南商贸中心——枢纽乐享活城·岭南魅力之窗”，面向珠三角、辐射中国南部的现代化综合新城。

因为规模大，广州南站创造了多个纪录，也因为其规模大，让不

▲广州南站。梁文祥　龚名扬 摄

少旅客备感不便。

赵晓娜是湖北武汉人，在广州一家企业上班。2013年夏天的时候，赵晓娜怀孕了，于是她打算坐高铁回武汉养胎。出发当天，她的老公阿杰开车送她去广州南站。沿路，“广州南站”的指示牌“贴心”地出现了一遍又一遍。最后，广州南站的巨大的“芭蕉叶”身姿终于出现在了赵晓娜眼前。“非常宏大、非常漂亮，很有国际范，感觉跟机场差不多！”这是赵晓娜对广州南站这一地标的第一印象。

由于赵晓娜怀孕了，行李也比较多，阿杰打算送她一直到火车上。阿杰把车停到了地下车库后，打算到三楼候车室。没有料到的是，车库电梯都坏了，根本用不了。无奈之下，阿杰只好扛着重重的行李，和赵晓娜一起通过一段阴暗狭窄的楼梯上了一楼。

阿杰出来一看，发现这个楼梯刚好在这座偌大车站的中部，要走到两端乘坐扶梯还要走好长一段距离。与机场有自动传送带不一样的是，旅客在这个车站只能通过双脚来度量。阿杰背着行李，牵着孕妇，费了九牛二虎之力才到了三楼候车室。

“这个车站太大了，好久都没这么累过了。”阿杰感慨地说。

因为这个“大大”的车站而备受折磨的旅客还有不少。2013年年底，在番禺一家企业做技术人员的刘荣喜得贵子，岳母得到信息后马上从郑州坐高铁赶往广州。

岳母驾到，刘荣自然要到车站迎接。按照家乡的风俗，岳母准备了一大堆孕妇的食物，还有小孩的衣服、被子等用品，包裹足足有六七十斤重。接到岳母后，刘荣扛着重重的包裹，和岳母一起去坐公交车。他扛着沉重的包裹，足足走了十多分钟才走到车站，累得直喘粗气。

“我们老家火车站虽然小点，但下车走几步就可以坐上公交车。

广州南站确实很气派，但这个气派真把我累得够呛。”刘荣说。

好看不好用！广州南站的这一问题一直有专家和市民质疑。广州市规划专家林兆彰以亲身经历为例子，提出“香港火车站不好看非常好用，广州南站好看不好用”。他说，由于不好停车，他有次搭公交车去南站。但下了公交车不能直接到达南站内，而是要过马路，“我70多岁的人了，很狼狈。去到那里，找厕所和买东西等都非常不方便。南站地区不要搞很多很虚的广场，好用更重要。”

在番禺区政协十三届三次会议上，“广州南站接驳交通不顺畅”的老话题再次成为热点。提案认为，广州南站连接的是“高速”，要进出南站却很曲折，仅仅从南站汽车总站步行到南站候车大厅都需要近十分钟。

建筑追求规模宏大，这已经成为了广州地标建设的另一大新的趋势。根据规划，广州南中轴线上将建设广州博物馆新馆、广州美术馆、广州文化馆、广州科学馆等文化设施“四大馆”。根据规划部门透露的信息，国内美术馆中的“一哥”、国内最大的美术馆中国美术馆建筑面积略超2万平方米。上海美术馆历经搬迁，目前使用的是原世博园中国国家馆，面积仅为1.5万平方米。广州美术馆一口气建设8万平方米，相当于中国美术馆面积的近4倍、上海美术馆面积的5倍。

再看博物馆，北京的首都博物馆总建筑面积6.3万平方米，上海博物馆建筑总面积3.9万平方米。广州博物馆等建筑面积则规划为8万平方米，大于首都博物馆和上海博物馆。

对于广州是否需要如此巨大体量的美术馆、博物馆等展馆，广州是否有如此多的美术品和文物供展览？相关主管部门表示，广州这些展馆是后建设的，肯定要高起点。

在增城，2014年年初，来自增江河的清澈河水汩汩流入挂绿湖，形成了2.1平方公里的浩淼湖面，挂绿湖这一生态地标也由此超越白云湖、海珠湖等成为广州目前最大的人工湖。

有专家担忧，在追求规模宏大，追逐各种第一的思想指导下，广州地标建设有可能为了争一时虚名，而做出好高骛远或者不切实际的设计来。

奇
奇特建筑能否成为主流?

在荔湾区东沙大桥以东的珠江北岸，一座外立面呈金黄色的巨大圆形建筑耸立在江边。因为造型过于奇特，这座被命名为“广州圆”的大厦从规划刚一公布就备受关注。

每当夕阳西下，沙洛上村村民陈姨总喜欢推着小车，带着孙子到江边散步。“之前大金环是工地，担心灰尘多，我没怎么走近看。现在建好了，环境好了很多。”

这个“大金环”带来了什么呢？陈姨说，随着“大金环”的修建，周边人气旺了不少。“总是看到有人拿着相机或者手机，翻来覆去地拍。”陈姨介绍，比人气更直接的影响是，这一带的名气大了很多。之前在外面跟人家介绍沙洛村，很多人都没听说过，但说起“大金环”，说起广州圆，很多人马上就会心一笑，表示自己知道了。

“刚见到这个‘大金环’开建的时候，的确觉得这个建筑造型挺怪的，不过建筑修好了之后再看，感觉还不错。”陈姨说。

造型奇怪，这是很多人对广州圆大厦的第一印象。这座大厦的业主单位广东塑料交易所副总经理卢晓青介绍，因为独特的造型，广州圆大厦知名度提升很快，有企业甚至因此专门要求进驻到大厦办公。但另一方面，独特的造型也给他们带来了不小的“困扰”，有段时间，总是有媒体来问为什么要建成这个样子。

卢晓青介绍，这个建筑的规划从2009年就确定了，但造型并未对外公布。直到2012年初，因为有网友和媒体的关注，正在建设中的“大金环”走入人们视野。

当时，有人从这栋建筑的效果图中发现，珠江边上将矗立起一个巨型的金色圆环。当时立即有网友想起了沈阳方圆大厦，两者圆形的外观让人产生联想。而沈阳方圆大厦则刚在2012年1月入选CNN评选的全球最丑的十大建筑。两者相似的效果图，广州圆大厦一度被网友恶搞为“广州版的方圆大厦”。据了解，这栋大楼的外立面原本设计为蓝色，后来改成金黄色。圆环形的大楼，与在珠江水面倒影形成数字“8”，象征着大展宏图、八方聚财。“大金环”建筑经媒体报道之后，引来众多网友热议，网友对此褒贬不一。有观点认为建筑“形同钱币，俗气突兀”，也有网友力撑，认为它“很美有特色，尊重建筑自由”。

2012年6月，大圆环全球征名时，再次遭到了网友的调侃：有网友提出叫“甜甜圈大厦”，或者“铜钱大厦”，还有的调侃为“孔方兄”。提名最多的却是“方圆大厦”或者“广州方圆大厦”。

面对造型美丑的争议，业主方则逐渐从不安到坦然面对。“埃菲尔铁塔刚开始的时候也有很大争议，但现在不也成为了巴黎的标志吗？”卢晓青一再解释说，广州圆大厦是由意大利人约瑟夫提出的概念设计，想要表达的是对圆满文化的追求。设计团队在设计前参观了南越王博物馆、陈家祠、骑楼等众多具有广州特色的建筑和景观，设计灵感来源于圆形玉佩、岭南建筑风格。

广州圆主体结构已经完工。这座大厦高138米，共33层，总建筑面积约10.5万平方米，外圆直径146.6米，内圆直径47米，宽28.8米，有23米大悬挑，47米多层大跨度，是全球最大的圆形建筑。“不要只是跟着一些网友进行调侃，只要大家能实地到现场看看，一定能感受到震撼的效果。”卢晓青说。

就实际效果而言，广州圆大厦独特的造型给企业确实带来了更高的名声，目前华南美国商会、广州农商银行、广东省潮商会等知名机构和企业都已签约入驻。

在广州，广州圆大厦远非第一个建筑界的“怪兽”。在广交会所在的琶洲展馆附近，南丰汇环球展贸中心和南丰国际会展中心这两座如儿童搭砌的积木似的建筑坐落在大路边。喜欢的人觉得这些建筑充满想象力，而更多的人则觉得这两栋建筑太过怪异，让人吐槽无力。

一位建筑界的专家表示，近些年广州最有名的“怪”建筑当属小蛮腰广州塔，如今小蛮腰已经取代五羊石雕，成为了新广州的标志。另外，新中轴上还有“大小石头”歌剧院，这些建筑都很怪。而且这些奇怪的建筑大多是国外知名设计师的手笔。

这位专家表示，这个世界这么丰富，即使有形象不同的新成员出现，也应该怀有宽容的心态，不应过于恶搞讽刺。这些建筑的出现为我们的城市增添了新的色彩和话题。但是，以建筑模拟形象不应该成为主流，不能成为普遍现象。假如大家都追求奇形怪状的东西，追求出位，整个城市就会很奇怪，而且这个过程中容易忽视实用性，经济上的付出也比较大。

撰文 / 刘怀宇

访谈：根据发展阶段　建设代表城市形象的地标

广东省城乡规划设计研究院总工程师　马向明

马向明

一栋栋高楼拔地而起，欲与天公试比高；一个个造型各异的地标各领风骚，引发了无数的关注和争议。随着城市化的发展，近年来广州涌现了大量地标式的建筑，其原因何在？地标建筑要如何与地域特色融合，避免千城一面？

广东省城乡规划设计研究院总工程师马向明接受本报记者采访时指出，有些地方为了建地标，一味追求震撼性、独特性，可能会过于放大需求，造成浪费。城市建设过程中，要根据发展阶段建设代表城市形象和追求的地标。对一些重要的、关键性区位的地标，可以慢慢留给城市成长到一定阶段后再来做。

谈原因

“为了传播形象，带动经济导致地标集中出现”

南方日报：近些年来，包括广州在内的一些城市，在城市建设尤其是新城建设过程中，总喜欢建一些地标性的建筑。为什么城市突然之间出现了大量的地标性建筑？

马向明：我们前年做过一个关于理想城市的研究，大家都提出城市缺乏特色，所以都关注空间特征的问题。

地标建筑的大规模出现，也是有其自身的逻辑和存在合理性的。事实上，不仅是中国，全世界也都在建地标建筑。

国内地标建筑之所以这么多，主要有两个方面的原因。第一，很长一段时间，城市之间的竞争中区位是最重要的因素之一，谁的位置好，谁就获益多。然而到了90年代之后，随着经济全球化的影响，地球瞬间变平了，空间被压缩了，这个时候地理位置就成为城市之间唯一的竞争因素了。相反地，场所的特征和特质的作用性开始凸显了。

第二，每个城市要想在竞争中都脱颖而出，占据先机，城市需要通过一定的方式，传播自己的城市特质。怎么传达自己的特质呢？最直接的方法当然是推介城市形象，通过塑造好的形象，并广为传播，从而在城市竞争中占据优势。尤其是在全球化的背景下，城市之间的竞争也是全球性的，城市形象好的城市，可以聚集更多的资源，甚至形成赢者通吃的效果。

在当今信息化、碎片化的时代，人们在信息传播的过程中，不会有很长时间来深入了解一座城市，一个城市的形象，需要有一些具体的载体。比如说香港、新加坡，人们脑海中呈现的也就是那几个经典的场景。和文章的标题一样，如果能够通过一两张图片，就可以传达城市强烈的特征，这对于城市推介就很重要。在这一背景下，地标建筑成为了反映城市形象最为合适的载体。

南方日报：塑造城市地标能起到什么作用呢？

马向明：地标建筑大行其道，还有另外一个原因。以往修个教堂，可能会花上百年，因为其目的是为了跟上帝沟通，所以对建筑特色很讲究。社会进入到消费社会或者后工业社会后，随着工业品的饱和，生产场所也成为了一种商品，空间本身作为一种消费品。所以早期很多建筑都是标准化的，这就造成了城市千篇一律。这个时候建筑功能很明确，买了房子就是为了居住，建设餐厅就是为了供人吃饭。

但城市再往前发展，消费多元化之后，空间供给也开始过剩了。人们去餐厅不仅仅是因为肚子饿，更希望能看到一些特别的东西，然后顺便吃个饭。这样，空间供给也开始出现竞争了。很多地方都希望能够建造一些具有特色的场所，从而可以带动旅游、带动消费。这些因素推动了一些有吸引力的空间场所的诞生，从而成为拉动地方经济的一个很重要的方面。

传播整体的形象，带动城市经济发展，成为地方的欲望驱动。两种力量融合在一起，加上城市化进程的推进，导致了近些年地标建筑的集中出现。

一个城市通过一个好的策划，塑造一个好的形象，能够取得吸引投资、拉动消费、集聚人口的三重功效，效果非常显著。

谈地域特色

“地标不要强求所谓的地域特色”

南方日报：地标建筑如何跟地域融合，才能更好地展示城市形象？

马向明：应该说目前国内出现的地标相对来说还是经过了很多的程序来建设的，大多数建筑的质量还是经得起推敲的。比如北京议论得比较多的国家大剧院、“大裤衩”等，这些建筑在国际上都是获奖的。其争议在于是否跟地域特色融合的问题，但作为建筑本身来说还是做得很好的，很多都是大师级的作品。

这些地标如何融合地域文化，很难短期间内看得清楚。比如埃菲尔铁塔，刚做好的时候，巴黎也骂得一塌糊涂，说是一个怪物，现在也成了城市的代表。还有悉尼歌剧院，这个建筑跟西方文化有什么关系，恐怕也谈不上。每个地标建筑都有各自的建设哲学，设计者都可以自圆其说。这些建筑对地域文化的冲突不能过早下结论，需要时间的沉淀。比如广州塔它跟广州有什么联系，是广州什么文化造出来的，还真说不上来。但这不影响它成为了广州新的地标。

地域文化会根据时代不断演变，传统建筑是基于过去的技术和人们生活的理念，现在则完全不同，不必非要背负传统的东西。

我认为，大尺度的地标建筑要讲究一定的时代性和代表性，要符合公众传播的特征，不要强求所谓的地域特色。而细致的东西，小尺度的，要反映地域特色。打个比方说，如果在小蛮腰上放五个羊，那就不是地域特色。广州人喜欢遮阴、避雨，在建设中设计骑楼，这些细微之处反而可以反映地域特质。

对于地标建筑，只要是精心设计的，不论是什么流派，只要是做得好，具有美感，都是可以接受的。地标建筑创造出来的东西是否能被当地认可，这需要时间的沉淀，不一定非要有岭南特色、岭南元素。这就好比唱戏，到广州唱京剧也有人欣赏，不一定非要唱粤剧。

当然，当一个城市变得越来越单调的时候，我们越来越呼唤城市的身份之所在。我认为，真正要保持的不是在新建地标上套老建筑的帽子，而是保护好老建筑。只有老建筑才能承载我们生活在这个时代的人的过去，才能维持城市的身份特征。

谈产生过程

“所有人都能接受的建筑一定是平庸的”

南方日报：近些年，广州的地标建筑有一种趋势，总是在不断追求最高、最大、最吸引眼球，按照规划，广州也有不少即将开建的新城规划了地标建筑。

马向明：的确，有些地方为了做地标性的东西，可能会过于放大需求，造成浪费。因为在区域竞争中，要求尺度要大，这样才有比较，才能出位。一些建筑为了创第一，地标为了达到震撼性、独特性，有时候会走得比较偏，会造成规模太大，而导致浪费。

不能在区域发展的初级阶段就搞一些地标。这个区域还没有实力，还不成熟，价值观也不稳定，做出来的东西最后会被区域形成的价值观所抛弃。很多地方在建新城的起步阶段，一下子就要拿最好的地方，开建一个地标，那肯定会出现一堆的问题。

城市要根据发展阶段建设代表城市形象和追求的地标。比如广州如果在20世纪90年代就建小蛮腰，当时的经济实力、技术储备都不成熟，建出来的肯定不是现在这个样子。什么阶段就应该做什么阶段的事，对一些重要的、关键性区位的建筑，要慢慢留给城市成长到一定阶段后来做。

南方日报：有人说一些地标建筑关乎城市形象，建设前应该充分征求公众意见。你怎么看这个问题？

马向明：地标也是时代的一种特征，有些地标建筑可能有人会不习惯，但建好之后终究还是要习惯的。当然，我不是说在建之前让大家闭嘴，建设的时候可以放手让大家去议论，让后来的设计者、业主充分理解大家的感觉。在这种互动的过程中可以创造更好的地标建筑。

但我认为地标建筑在建之前不一定要到处去找群众评价、论证，要不埃菲尔铁塔也不会出现了。所有人都能接受的建筑，如果放到网络上投票，最后一定会是很平庸的方案。谁都能接受的方案，一定是平庸的。所以不能说人人都叫好，这个建筑就是好。好的地标建筑往往超出一般人的想象，所以才有存在的价值。而超出常人就显得孤单，这就是矛盾的所在。

数据

地标

广州已建200米以上的摩天楼 （不完全统计，单位：米）

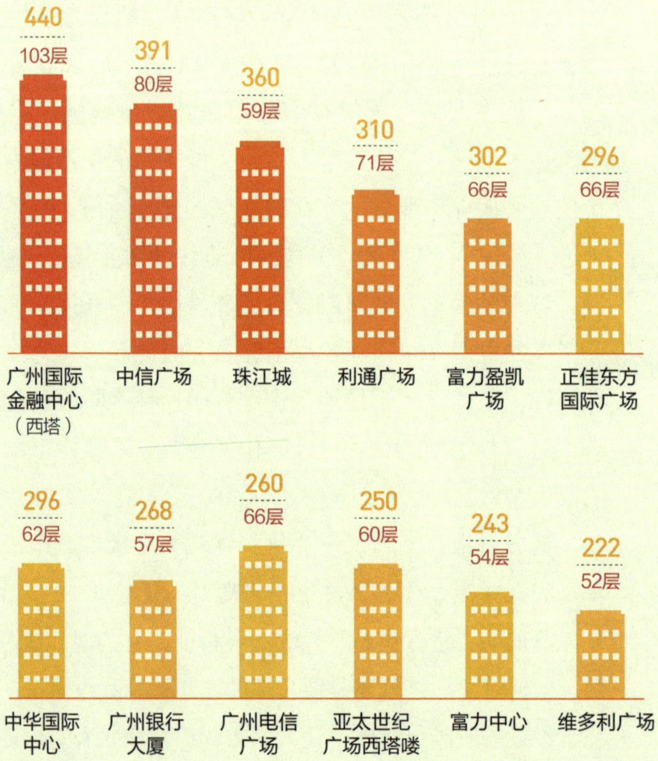

广州已建成摩天大厦数量 （不完全统计）

地标

中国摩天大楼排行榜

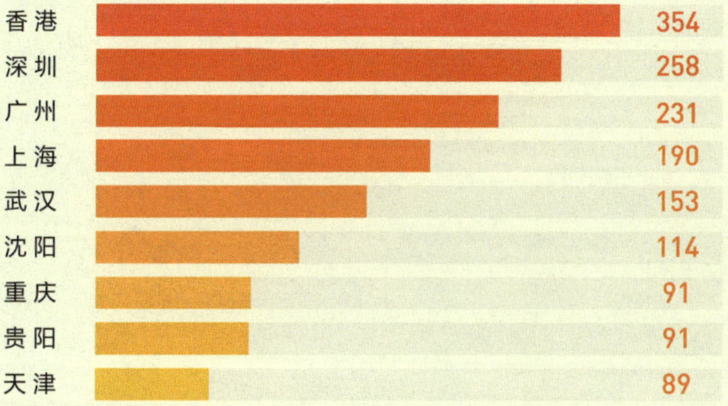

中国城市摩天大楼高度 （100米以上，单位：米）

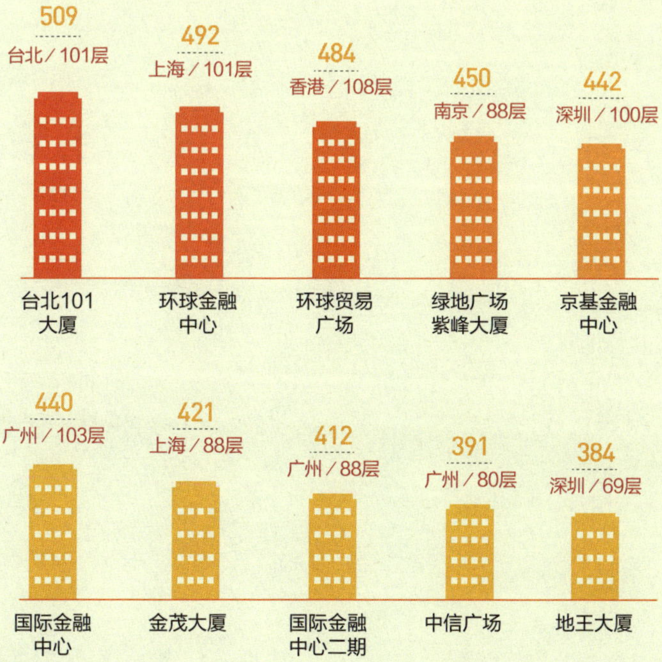

第三章　　地铁时代：一天搬动半座城

图表:邱洪添

1863年1月10日，在英国伦敦，带着阵阵浓烟和巨大轰鸣声，一列其貌不扬的蒸汽机车钻进泰晤士河畔长6.5公里的地下隧道，宣告世界上首条地铁诞生，人类交通史上的一个新时代——“地铁时代”悄然而至。

如果说城市是人类改造自然、创造文明的成就高峰，那么地铁则是城市建设成就的图腾。

伦敦地铁大都会线开通前后，率先掀起工业革命的英国正处于历史辉煌时期，以骄傲的姿态猛烈扩张；而反观那个时代的中国，广州附近的虎门销烟却预示着鸦片战争的来临和百年耻辱的序幕开启。

历史长河匆匆流过，地铁迅速风靡全球，世界格局已然改变。

对于南中国的广州来说，“地铁时代”要从1993年12月说起，当时投资122亿元、全长18.48公里的地铁一号线正式动工。

斗转星移，在短短20年内，广州就建设了9条地铁线。风一样的速度，充沛的运力，维系着羊城的活力与生机。

史无前例的扩张正在进行，预计再过3年，广州地铁线路将长达500多公里，超越伦敦、纽约、东京；同样位居世界前十的中国城市还有上海、北京等，这意味着中国大国崛起和新型城市化时代的到来。

不断破茧而出的地铁梦，能否成全广州的大城梦？

广州地铁梦

当天空开始露出鱼肚白时，停靠在四面八方的地铁列车，已在羊城地下呼啸穿行，直至深夜。

时至今日，许多人也许不知道，广州地铁从酝酿到诞生，经历了多少曲折、坎坷。

“一个城市，没有地铁就没有现代化。”1958年，广东省的老省长陈郁是第一个提出广州地铁的梦想的，但当时就有专家忧心忡忡断言：广州参差多变的地质条件根本无法建地铁。

相比北京、上海，有“地质博物馆”之称的广州地层最复杂。这里的地下，是一片险峻的峰林迷宫：红层、花岗岩地层、淤泥砂层、溶洞、断裂带……

让人庆幸的是，在陈郁的安排下，技术人员经过初步地质勘探，证明广州完全可以建地铁。

原南风窗记者余定宇在《与龙共舞：广州地铁深度报道》一书中回顾道：1965年初，广州市政府成立地下电车工程建设指挥部，当时是结合战备工程建设，出于保密需要，根据“地下”二字共有9道笔画的缘故，该工程曾被秘密定名为“九号工程”。

然而，1966年，竣工后的“九号工程”断面只有3米宽、2.85米高，而且隧道处处岩石裸露，处处布满坑木支架，根本无法运行地铁，最终只能作为一个巨大的防空洞来使用。

由于财力物力、技术能力等限制，地铁项目历经“五下六上”（六次上马五次“流产”），反复遭遇历史暗礁而搁浅。不断的考察、学习、调查、总结，使地铁建设者眼界大开，在时代潮流推动下，广州地下的雷电又开始闪动。

1993年3月，国务院同意、国家计委批准了广州地铁一号线工程的可行性报告。广州地铁梦，终于破茧而出。

1997年6月28日，地铁一号线西朗至黄沙站首段5.4公里线路如期开通。广州也登上了全世界第81条城市地铁的宝座。

为了这一天，广州人足足等了39年。

自此，广州地铁驶入快车道，线网如今已扩张到9条线路，贯通东西南北，日均运客量也从最初的10来万人飙升到约600万人。

每念及此，黄辉总会油然生出一股自豪感。

2001年，广州仅开通了地铁一号线，二号线处于建设高峰期，三号线、四号线马上要开工。地铁公司雄心勃勃、招兵买马。

彼时27岁，志在寻求更大平台的黄辉，通过招聘成功入职。

从管理一个工点到管理几条线，从普通工程技术人员变为土建工程二中心副总经理，13年来，黄辉与地铁共同经历了由点到面的成长。

他对广州复杂的地质深有感触，最让他感受到挑战的，要属三号线北延段，作为广州亚运配套市政项目，必须于2010年10月开通，但受前期征地拆迁影响，到2009年7月，全线还剩梅花园到燕塘区间段在进行盾构工作。

黄辉说，这段区间工程被他们称为“最难区间”，盾构机一路“走走停停”，在最后100多米又停住了。

“地面是4栋砖混结构建筑居民楼，盾构机的前方地层上软下硬，高强度花岗岩外还有丰富的地下承压水。”黄辉说，在此类地层进行盾构施工，极易产生掘进速度慢、刀具磨损严重、发生喷涌等风险，还可能引发地层不均匀沉降而导致地面房屋损坏。

既要保证4栋房屋内64户居民的生命财产安全，又要保证全线在亚运会前开通，难度可想而知。

为此，地铁公司领导几乎每周在现场开一次会应对风险，共召开了8次。“压力山大”的黄辉带领同事组织落实地面补勘、地面加固、洞内加固、住户临迁等工作，连续2周在现场24小时值班，终于赶在2010年4月完成了全线贯通。

话说男儿有泪不轻弹，但那一刻，他和很多同事都激动得留下了热泪。

“搞一条线三五年就过去了，一辈子也搞不了几条线。”看着一条条地铁建成开通，黄辉也从青年迈入中年，他很庆幸自己赶上了广州地铁跨越式发展的时代：“想起一条条地铁线路在我们手上修好，我觉得，再累、再困、再苦也值得。”

“新广州人”陈先生很感激地铁。2008年，他落户白云黄石东路高尔夫花园，86平方米的三居室，总价不到70万元，但当时周边可谓“鸟不生蛋”，很多好友不看好。而到2010年，新的地铁二号线开通后，他所在的小区日益抢手，因为距萧岗站、江夏站都只要15分钟左右。“不但交通方便，房子身价更是大涨。”

如今，广州地铁线网规模已跻身世界前十，位居全国第三，仅次于上海、北京。

通过“知识型输出”服务，广州地铁在全国20多个城市开展业务，同时与多个城市合办全国首家轨道交通培训学院，培育专业人才，地铁“黄埔军校”的说法也不胫而走。

尴尬的线路

夜幕低垂，办公室灯光褪去。公务员崔超习惯地拿起公文包，走进地铁五号线动物园站。

挤在人潮中的他，早已习惯了这样的回家之路。他的家，远在番禺的亚运城。

2011年，已经老大不小的崔超面临着买房结婚的选择，在市区不断奔波看房后，深感“买不起”的他，在同事的介绍下，将目光转向有着“中国第一大盘”之称的亚运城。

“小区环境好，户型方正。”实地看过房源后，崔超买下了媒体村一套84平方米的两房，总价100万元。

“如果没有地铁四号线，我肯定不会考虑这么远的楼盘。”他回忆说，当时卖楼的人还称地铁三号线也会延长经过亚运城外的海傍站，与四号线交汇，好多人也是因为这个利好才买的，但后来杳无音讯。

入住2年多，崔超习惯了这样朝辞暮归的生活，每天早上7点20分左右，他就会走出家门，骑10分钟自行车到海傍站，经四号线、五号线，最终到达动物园附近的单位，顺利的话总耗时约70分钟。

亚运城大概有8000套房子，目前入住率八成左右。崔超说：“多数人白天都在市区工作，晚上才回来，生活已经离不开地铁了。”他就试过几次赶不上四号线末班车，直接从市区打车回家，一下子花了100元。

以崔超为代表的“80后”的经历与抉择，成了地铁与城市崛起的一大写照。

“让地面不那么拥堵、把城市不断地往外扩”——有人这样概括地铁的两大功能。

2000年，广州提出“东进、西联、北优、南拓”的城市发展战略，轨道交通随之进行新一轮线网规划，就此跨过珠江后航道，通往番禺及南沙。

随后短短数年间，地铁热潮迭起：2006年，三号线通到番禺广场；2007年，四号线挺进南沙金洲；2010年，广佛线开通使两地“一线牵”……地铁将城市外环和城市中心连结在一起，拉开了广州城市的骨架。

人们常说：地铁一通，黄金万两。广州的主政者和规划者也普遍坚信：地铁对一个地区的催熟具有重要作用，是规划城市发展、优化城市布局的有效手段。但，规划是否是万能的？

广州地铁公司原老总卢光霖在2010年曾吐槽：“本来南沙说要建

设新城，将好多人移过去，我们也建了地铁四号线延伸过去，但不知道怎么回事，南沙现在也没发展起来。四号线常常开成‘专列’，一天的收费，还不够一个站的运营费。开通4年亏了4年！”

客流的不足，让四号线“快不起来”，甚至尴尬地被戏称为“慢线”。

崔超初到亚运城时，也深感人烟稀少，上下班搭地铁不愁没位坐，但这两年来，情况有变，他明显感到人越来越多。“现在四号线一经过海傍，车厢就被填得半满，基本没位，过了大学城之后就饱和了。”

不过，最新统计显示，开通9年至今，四号线日均客流仅约25万人，不到一、二号线的1／4，在9条线路中排名第7，仅高于广佛线和APM线。

相较客流，崔超更加关心的是地铁沿线配套设施。他说，这两年亚运城的学校、医院、市场、超市慢慢有了，但至今还没有一家银行。“四号线站外都没什么建筑，很多农田。我们买衣服、逛街、看电影，还得去市区。”

如其所言，地铁经济并没有如愿涌现，南部滨海新城仍停留在纸面上。

以海傍站旁的亚运城来说，由于楼市调控、地段偏远、房屋质量等原因，也遭遇了从“疯狂抢购”到“无人问津”的窘境。对于投资客而言，收益率更是惨不忍睹。

走马四号线新造至黄阁汽车城一带，沿线仍是大片的农田、水塘和工厂。

在东涌站，地铁站周围种满了芭蕉树，一片田园风光。对此，长期在站外载客的摩的司机周师傅并不奇怪：附近村民一直都靠农业种植和水产养殖为生，“农民有的就是土地，所以只能继续种田和养鱼”。

当我们将视角转回市区时，却发现地面交通拥堵与日俱增，四处蔓延。

早上8点左右，中山大道BRT棠下村站，塞满乘客的公交车鱼贯而出。站台上，吴小姐焦急地等着B7线到来，在海珠区上班的她常常要等三趟车才上得了，且是“被挤着上去又被挤着下来”。

如今中山大道上的华景新城、上社、棠下一带，早已从过去的城郊接合部跃变为市中心，尽管广州唯一的BRT贯通而过，但由于人流众多，离地铁站较远，高峰期BRT人满为患，容易堵在路上，上班族苦不堪言。

与中山大道平行的黄埔大道，也成为司机们眼中的拥堵重灾区。下午6点左右，沿线车辆均陷入龟速行驶状态，公交车被私家车挤得寸步难行。

这两大主干道的拥堵，已经严重制约了天河的发展。

“中山路沿线全部修建了地铁，中山大道和黄埔大道为何就不效仿？”家住天河骏景花园的曾小姐很纳闷。

地铁大都市

据不完全统计，随着宁波、无锡地铁即将试运行，国内地铁城市将超过20个，遍布大江南北。一个全新的地铁时代已轰然而至。

广州正在新建12条（段）284公里地铁线路，试图用超过以往20年总和的“大手笔”，勾勒出一个新的“大广州”：六号线二期连接新黄埔、四号线南延段挺进南沙腹地、十三号线串起增城、十四号线将从化纳入1小时生活圈……

5月5日下午，广汕路上，车流滚滚，大雨瓢泼。

中铁二局六号线二期工程三标项目经理詹庆兴撑着雨伞，绕过三四层楼梯走下黄陂站工地。“每天我起码要来看两次。”他用带着浓重川音的普通话说道。

地下11米处，已经被挖出一条长1公里左右的隧道，通往金峰站。小心翼翼地走过用铁网搭成的行人通道，詹庆兴领着记者到达了施工前线。

机器轰鸣，通风管呼呼作响，工人们大汗淋漓。25岁的吉差木沙如同往常一样，熟练地操作遥控器，将一块块用混凝土制成的管片输送到盾构机，铺于隧道上，浑然不觉身上已经沾满了黄泥。他的同事们拎起工具，弯下身子将管片上的大型螺丝拧紧。

吉差木沙来自四川西昌，之前在成都干过工程，1年多前和父亲一起到六号线二期施工。除了吊管片，他还得在刚挖出来的隧道里接上轨道，供工程车进出。

工地是24小时运作，三班倒，地下闷热、潮湿，工作尤为辛苦。“一开始不习惯，很累，现在适应了。”吉差木沙说。

专心工作的他，还没体验过广州的地铁，他正设想着：以后能坐坐自己建的地铁。

“盾构机挖掘出来的圆形隧道需要由管片支撑。每6片拼接成一环，一环长1.5米。”詹庆兴介绍，如果没有碰到复杂地质，盾构机每天可以向前掘进15–18米。

他所负责的三标，包括黄陂站、金峰站以及两个区间，全长4公里多，自2012年7月开工以来，土建已经完成50%。

“预计2015年上半年就能完工了。我们都是以项目部为家，项目在哪里，我们就到哪里。”詹庆兴多年来参与过广州、深圳、东莞的地铁建设，他直言：地铁施工人员很辛苦，居无定所，家回不了，妻儿也照顾不了，有时很愧疚；但是回过头看，把项目干好了，很有成就感，下一次还想继续挑战。

“等以后老了还可以跟孙子吹吹牛，这是我建的地铁。”他开玩笑地说。

预计到2017年，广州地铁总里程将翻倍，超过500公里，线路遍及十一个区。

届时，无论是从东边的增城，还是北边的从化，市民乘坐地铁，都可以在1小时左右轻松准时到达市中心的公园前，无需再坐大巴挤上1个半小时甚至2个小时。

开通多年的广佛线，诠释了这样的美好前景。家住芳村坑口的广州市民袁先生，他的老婆在佛山禅城上班，因为地铁“一线牵”，他们得以每天团圆。

若把地铁线比作一条条毛细血管，其安全、畅顺则有赖于“心脏”的调度。

中山五路191号八楼，穿着制服的调度人员正盯着各自的电脑屏幕。而在墙壁大屏幕上，遍布着红黄绿多色相接交叉的线路图、电路图、设备图。公园前、三元里、体育西等各大站点的情况，从监控视频中看得一清二楚。

公园前控制中心值班主任梁嘉辉介绍，目前地铁共有7个控制中心，主要负责日常运营、设备操作、监控、维护、信息收发、行车组织等，该中心负责的是一、二、八号线的调度。比如往常在体育中心的足球赛退场时，中心会提前做好准备，从东站调出空车迅速疏散散场的球迷。

“别看大家似乎很轻松，其实都得集中精力。一旦发生故障或其它突发事件，车站会立刻报到控制中心，中心必须迅速应对，调整前后行车，做好信息发布等。没有统筹调度，情况难以想象。”梁嘉辉说。

实际上，控制中心也要分三班倒，即使在地铁收车后，中心也没

◀地铁二号线的运营控制中心。符超军 摄

▶六号线列车开通。符超军 摄

▼地铁二号线的运营控制中心。符超军 摄

得歇息，因为还要协调配合夜间轨道设备、供电设备等维护保养。

加入了六号线后的线网，客运量持续攀升。在刚过去的2014年“五一”当天，线网客流量再创新高，飙升到794.2万人次！从5月12日起，常态化客流控制的站点也增加到25个。

控制中心面临的挑战越来越大。梁嘉辉坦言，一是行车密度大、客流量大，尤其是存在不可预见的因素，如小故障、乘客自行拉车门，都可能引起全线列车晚点，车站客流积压。“高峰期影响就更大。”二是精神压力较大，对故障等必须做到快速反应，对调度人员要求越来越高。

等到3年后新一轮线网建成，日均客流将呈几何级数增长，预计超过1000万，这相当于每天搬动超过大半个广州市的人口。

广州地铁有关负责人表示，未来高峰期运输组织压力将随之增加，他们也将未雨绸缪，做好运输规划，不断完善协调处理机制，加强设备保养，提高调度员业务技能。

纵横交错、密如蛛网的地铁还将不断延续。“希望广州早日建成1000公里以上的地铁线网，广州地铁最终成为百年企业，广州市民出门步行10分钟内能坐上地铁。”地铁员工黄辉憧憬道。他说，北京、上海已经有1000公里的地铁规划，广州还要继续努力。

与多条地铁相连的城际轨道，也在如火如荼建设之中，将轻快地串起广州与清远、肇庆、东莞等兄弟城市。

风驰电掣中，以轨道交通为纽带，以广州为核心，一个世界级的城市群能否脱颖而出？时间会给出答案。

广州地铁发展关键时点

●1993年12月28日

一号线动工

●1997年6月28日

一号线（西朗至黄沙）开通试运营

●1999年6月28日

一号线全线开通试运营

●2002年12月29日

二号线（三元里至晓港）开通试运营

●2006年12月30日

三号线（客村至番禺广场、天河客运站至体育西）、四号线（新造至黄阁段）开通试运营

●2007年6月28日

四号线（黄阁至金洲）开通试运营

●2010年9月25日

四号线（车陂南至黄村）、二／八号线拆解后，开通试运营

●2010年11月3日

广佛线（魁奇路至西朗）开通试运营

●2010年11月8日

APM线开通试运营

●2013年12月

六号线（浔峰岗至长湴）开通试运营

●2017年

广州地铁总里程预计将翻倍，超过500公里，线路遍及11个区

撰文／胡良光　袁桂麟

访谈：地铁“牵引”城市扩张　沿线配套还需跟上

中国工程院院士　王梦恕
同济大学交通运输工程学院教授　徐瑞华
暨南大学教授、中国城市规划学会会员　胡刚

地铁，作为现代化的象征之一，正快速行驶在中国各大城市里。怎样看待发生在广州等地的“地铁热”？地铁如何才能真正引领城市发展，造就功能完备的新城？

就此，南方日报记者分别采访了中国工程院院士王梦恕，同济大学交通运输工程学院教授徐瑞华，暨南大学教授、中国城市规划学会会员胡刚。

专家指出，地铁规划是为城市规划服务的，必须保证城市规划的严肃性和执行力，并同步配套地铁沿线的公共设施，才能真正让地铁成为城市发展的推手。

地铁建设欠账多，需加快速度

南方日报：这些年来中国地铁建设明显升温，据不完全统计，国内已有约20多个城市开通了地铁，获得批准建设轨道交通的城市也有数十个。广州正在加速建设12条新线，怎样看待这种“地铁热”？

徐瑞华：国内大规模修建地铁，有其合理性和必要性。中国正处

于快速城市化的过程，多数城市面临交通拥堵等问题，地铁拥有大容量、快速、节能环保等特点，因而受到广泛欢迎。实践证明，北京、上海、广州、深圳等地铁建设相对快的城市，地铁客流量也一直上升，有的已经占城市公共交通客运总量的50%，作用很大。同时，地铁还能带动经济发展，产生良好的社会效益。

王梦恕：国外的地铁建设有上百年了，像日本早已修建成网，中国的现代化发展需要地铁，但地铁建设欠账多，还在起步阶段，应该加快速度。不过，目前国内地铁建设存在互相攀比公里数、竣工时间的现象，也会埋下一些安全隐患。另外，国内地铁还有造价高、修建速度慢、破坏环境等问题，尤其修建很贵，加上拆迁费用，一公里往往要7亿元，有的地方甚至要10亿元，应该因地制宜建设。

我们也意识到，不是一个地铁就能解决所有问题，大城市的地面交通流量没有减少，长远来看，可建立“地下地铁、地面有轨电车、空中单轨”等综合交通体系。

城市发展太快，客流预测不准

南方日报：就广州地铁来看，一些线路存在客流预测不准的现象，如连接番禺与市区的三号线，每天都被挤爆，背后是什么原因？

徐瑞华：客流预测不准确，是目前我们国家轨道交通建设中的普遍问题。多数预测的客流比实际的要少。我们也注意到，近年来，地铁的客流培育期大大缩短，新线开通后很快就进入客流的增长期，而地铁相关运营、管理方式，比如车辆数、间隔时间等没有到位，导致开通后比较拥挤。

目前国内对轨道交通客流预测的理论方法和关键技术，主要依据沿线规划、人口等要素实施，都是国际上通用的，没什么问题。

个人认为，预测不准在于城市发展太快，也与城市总体规划变化有关。一般地铁线路从客流预测到规划建设开通，至少要五六年时间，最后沿线规划、人口已经发生了很大变化。相较而言，国外一些大城市发展相对稳定，出行特点和规律都已经成型，类似问题相对少一点。

地铁规划不能与城市规划“脱节”

南方日报：不乏城市主政者认为，地铁是引领城市规划和布局的有力工具，但规划是否万能？以连接南沙与市区的广州地铁四号线为例，在通车9年后，客流始终处于低谷，沿线仍然没有崛起计划中的广州新城。

徐瑞华：地铁引领城市发展的基础，是城市总体规划的稳定；城市规划的落实，也要依托地铁。两者是相辅相成的。

也就是说，地铁线网规划以城市规划为依据，如果线网规划与城市规划“脱节”，或者说，城市规划反复变动，那么地铁引领作用就难以达到预期效果，可能也会导致客流不足、资源浪费。

至于城市总体规划的变动，除了城市发展太快的因素，也有城市“长官意志”干扰的可能性存在。我们要强调城市规划的严肃性和执行力，作为支撑地铁线网规划的上位规划，应尽量保持稳定执行，这样才能达到理想效果。

王梦恕：地铁对城市发展确实具有引领作用。以前建筑建到哪里，交通就到哪里，现在则讲究交通先行，地铁修到哪里，建筑就建到哪里。

由于地铁建设资金需求大，现在一些城市的资金由政府负责40%，企业负责60%；一些线路先往郊区规划建设，引领发展，政府获得地价、房价上涨收益后，再反哺地铁建设，这种方法也是可行的，不少城市都在操作。

而广州地铁四号线沿线的问题，可能在于城市规划有问题，没有按原先规划落实。

地铁沿线配套要同步建设

南方日报：地铁拓展了城市骨架，抽疏了市中心人口，具有积极意义，但购物、教育、医疗等配套却未随地铁往外围补足补强，导致“城区工作，市郊生活”存在烦恼，交通拥堵、环境污染等“城市病”未减。今后如何发挥地铁核心作用，解决这些问题？

胡刚：拿地铁三号线来说，很多人住在番禺，工作却在天河、越秀，人们工作和生活分离，需要通过地铁来进行连通。这种潮汐式的工作生活方式必然会增加地铁的压力，造成某一线路的拥挤。

要解决这一问题，主要还是要靠政府规划。按照国外城市的发展模式，广州市在进行城市规划的时候不应该纯粹地将住宅区、工业区、商业区等功能分区独立化，而应该建立一个能解决市民工作、购物、居住等多方面需求的综合性小区，让居民在家门口就能满足正常的工作生活需求。

目前，广州的地铁线路已经比较完善，营运也进入了良性的循环，未来主要还是要加强郊区的地铁开发建设。地铁建设要和以后的城市建设密切结合起来，地铁沿线的配套公共设施要同步建设、统筹考虑。在地铁建成之后，医院、学校等相关设施不能落下。考虑到有些地铁沿线站点很多，不可能一条线每个站点都配备完善的公共设施，但至少在两到三个站之间要有，这样居民才能在短时间内解决问题，这在一定程度上也能缓解大批人群涌向城区的现象。

另外，广州地铁与商业的结合还不是很好，地下空间的利用不充分，没有形成大的商圈。在国内外一些大城市，包括北京、上海，地铁站的地下空间商业配套很完备，人们不用走出地面就可以完成吃喝玩乐。所以，地铁站到周边的大商厦应该实现地下连通，这样才能充分发挥地下空间的商业效用。

徐瑞华：原先大家可能更多地考虑地铁的运输功能，解决出行问题，现在还需同时考虑生活等多方面功能，这可以借鉴香港模式。这几年，地铁的规划、设计、建设，都非常重视综合开发的理念，围绕地铁站提供衣食住行等功能，建设商圈。这几年虽然综合体物业开发做得比较多，但非常有影响力的还没有形成，需要加强。

数据

全国建成地铁2073公里

根据中国城市轨道交通协会公布的统计数据，至2013年末，内地19个城市共开通城市轨道交通运营里程2746公里。

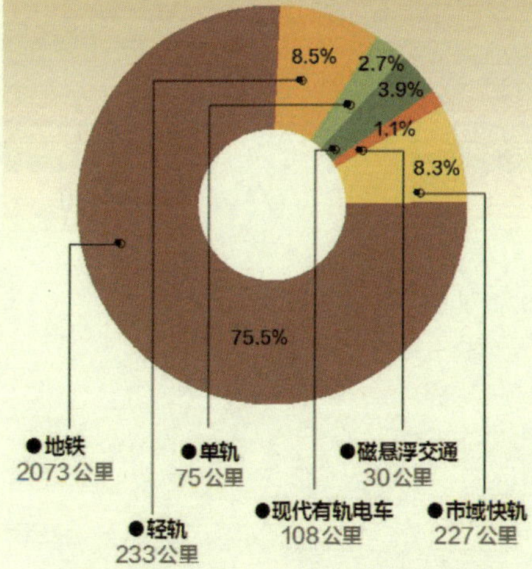

22个地铁城市

北京、上海、天津、重庆、广州、深圳、香港、台北、武汉、南京、沈阳、成都、西安、苏州、昆明、杭州、佛山、哈尔滨、郑州、长沙、宁波(2014年5月30日开通)、无锡(2014年6月开通)

地铁

内地地铁前五强 （不包括轻轨、有轨电车、磁悬浮列车，单位：公里）

- 上海（14条，首条1995年开通） 世界第一 567
- 北京（17条，首条1969年开通） 465
- 广州（9条，首条1997年开通） 260.5
- 深圳（5条，首条2004年开通） 约178
- 南京（3条，首条2005年开通） 约85

广州地铁各线日均客运量 （2014年1月1日至5月5日，单位：万人次）

线路	日均客运量
一号线	106.5
二号线	117.1
三号线	89.6
三北线	49.1
四号线	25.6
五号线	86.2
六号线	43
八号线	51.1
广佛线	14
APM	2.7

（注：春节期间客流量低，拉低了该时期的总基数，全年的日均线路客流会相对更大）

第三部分

人

第一章　　老广：一盅两件，街坊最叹广府味

有人说，文化，既是一座城市的竞争力，也是一座城市的“味道”。广州，作为一座建城2220多年的历史文化名城，有着深厚的人文积淀和独特的文化魅力，并形成了以粤语、粤剧、粤菜等为代表的丰富多彩、共生共荣的非物质文化遗产。

随着时代的进步与城市间一体化的融合，包油角、睇大戏、讲粤语……这些典型广式生活正逐渐消失。所发生的一切似乎应验了作家茨威格的话：“我们的今天和我们的昨天与前天之间的一切桥梁都已拆毁”。

然而，在文化传承的过程中，最珍贵的因素往往最容易被忽略——人。广州人是这座千年商都的主人，是这座国家中心城市的建设者，更是城市形象的缔造者、城市成果的享受者。广州人对广州有着与生俱来的热爱，老一代广州人怀念旧的生活方式，新一代广州人努力保护城市逐渐消失的风俗，他们用各自的方式坚守着心中对城市那份发自内心的热爱。

诚然，广州在飞速发展和文化保护之间，必须谋得平衡点。可当你意味深长地问老广：明天，你们要用什么方式去保护不断消失的“老广州”？务实的广州人必会脱口而出：“我哋先做好今日该做嘅嘢，再讲听日嘅事（意为我们先做好今天应该做的事，再说明天的事），ok？”

继承

在粤语中，“我先走”会被表达为“我走先”，一个习惯的状语后置正如广州人的性格，动词必定迫不及待先走一步。粤语的语序体现了岭南地域人群的性格：先做了再说。由于地处沿海，得风气之先的老广便赢得了“敢为人先”的美名。

越秀区文明路毗邻繁嚣的北京路商圈，从文明路转入市一宫，步行不到50米的左边，一间名为“天程铜艺”的店子低调地伫立在路旁，有一种与周边环境看似格格不入的淡定从容，却又一点违和感都没有。

店铺左侧的空间被分隔为开放式的工作室，一名身材瘦削、穿着新潮的年轻人坐在一张偌大的红木桌前忙碌着。长相帅气的掌柜名叫

▲文明路65号的天程铜艺店里面的铜制品展示。林宏贤 摄

苏英敏，他更喜欢别人叫他“苏仔”，5公里之外的恩宁路是他的起点，那里有他父亲苦心守护了大半辈子的“天程铜艺”老店。

旧时西关，铜器是大户人家必备的生活器皿，但20世纪30年代中后期，手工打铜行日益减少，新中国成立后，铜器逐渐淡出人们的日常生活。2000年前后，广州历史悠久的传统铜锡手工艺基本消失，许多精湛的传统技巧没有得到传承。直到2013年，西关打铜工艺被纳入省级“非遗”名录中。

恩宁路的“天程铜艺”，曾经是广州唯一一家打铜铺子。“我爸爸很蠢，只懂得蹲在那间4平方米的老店里打铜，但也正因为他‘蠢’，才坚持到了我能顺利接手。”“苏仔”感叹。

非遗的传承中，传承人可谓核心。而大多数非遗传承人正面临年岁较高、技艺断层和创新滞后等困扰，不少“老手艺”当家人已年过花甲，但可托付的下一代传人却仍无处可觅。

以2014年4月公布的第四批广州市级非遗项目代表性传承人名单为例，40名传承人平均年龄51岁，加上前三批传承人，广州市级非遗传承人将达119名。而目前广州市非遗保护77个目录中，部分项目至今还没有市级传承人。

虽然“苏仔”在恩宁路长大，但与父亲的老实、谨小慎微不同，“苏仔”叛逆至极。14岁便辍学走入社会，在外人眼里，他是个不折不扣的“烂仔”。可这位看似与“子承父业”拉不上关系的广州仔，做出的决定却让人大跌眼镜。

2007年9月，对打铜一窍不通的“苏仔”决定接过父亲的接力棒，自己经营“天程铜艺”，那时“天程铜艺”已经亏了十多年了。

刚“夺”过店铺，“苏仔”便把父亲“炒鱿鱼”了。在“苏仔”接手店铺之初，父子俩为如何经营店铺几乎争吵不断。然而，令父亲没想到的是，自己要贴上退休金来经营的铜器店，在儿子手里却越做越火。

当初父亲反对儿子投入7万元做网店、网络营销，孰料网店经营第一年的营业额就超过了过去十多年老店的营业额总和。2012年，“苏仔”找到了说唱歌手MC仁为“天程铜艺”谱词作曲，还将这首名为“铜匠的复活”的歌曲拍成了MV，MV的点播量已达数万次，赚足了人气。随后他担纲出品人“倒腾”出两首“四平方”“一铜天下”的流行歌，其中“一铜天下”还拿下了2013年度广州新音乐十大金曲排行榜最佳人文金曲奖。他主导开发的新潮铜饰物，虏获了不少潮男潮女的心……

如今，“苏仔”一家三代依然一起住在恩宁路。在苏氏父子多年坚持推广之下，恩宁路一带已有十几家铜器店，从传统手工制作，到机器批量生产；从几十元的小件，到十几万元的纯手工打造“高级定制”；从日用铜壶、铜盘、铜锅，到大件的铜质家具、奢华摆设都能找到。

“君子有所为有所不为，2009年‘天程铜艺’品牌分拆注册‘铜声铜器’，3年后‘铜乜铜物’‘铜男铜女’等等冒出。做跟尾狗，如失败，颜面何存？如成功，怎跟后代讲述家风故事？道德是心中那把尺，原创才能拥有属于自己一片天……”这是“苏仔”在4月9日发布的微博内容。

“苏仔”坦言，因为看不惯其他商家“无底线”的跟风，他始于恩宁路，却选择出走恩宁路，将旗舰店放在市一宫是“希望能提供一个场地，让大家可以回忆并了解本地的历史”，300平方米的店子被他打造成一个铜器文化与广府文化的展示厅。

虽然从2012年起，广东将省级非遗项目代表性传承人补助标准由每人每年4000元提高到10000元。但面对每月6万元的铺租，“苏仔”坦言压力不小，可他依然坚持店内大面积的人文布局，并免费开放参观，靠经营维持。

对比依赖官方、企业扶持发展，“硬颈”（意为固执）的他更愿意靠自己，“只要想做，没咩做唔成（意为没什么做不成）”。

“打铜技艺是广州民间传统文化中非常宝贵的财富，让它与时俱进地活下去，并且越活越好，难道不是我们广州人的责任吗？”“苏仔”的一句话道出了很多广州人的心声。

复兴

2月14日，恰逢西方情人节，在忠佑广场，锣鼓喧天，彩花绽放，一派热闹景象。

“城隍爷出巡啦！”城隍爷神像，坐在金漆木雕八人抬大轿上被壮汉们缓缓抬出广场，阵容鼎盛的10大方阵浩浩荡荡地跟随在城隍爷出巡队伍的后方。

10万市民从四面八方赶来，争睹“城隍爷”风采。广西汉子王广彪牵着妻子，肩膀上骑着4岁的儿子也在人群中围观。小儿子一边“城隍爷是谁啊”地叫喊，一边在爸爸的肩膀上兴奋地拍手。

视线拉回北京路。这边厢，不少住在惠福西路周边的街坊把庙会美食区当成了饭堂，正点就到美食街“开饭”；那边厢，父母带着子女在非遗区几进几出“求艺拜师”。中心舞台，广府草根达人精彩绝技轮番上演；民俗大巡游，粤剧人物、本土动漫明星，还有国外友好城区艺术家一道，为广州市民献上视听盛宴……

这就是广府庙会。近3年来，广州市民除了逛花街、扫年货之外，又多了一项闹新春的活动。从2011年的300多万人次“赶集”体验，到2014年超过500万人次的参与和互动，广府庙会成为了名副其

◀一年一度的广府庙会。梁文祥 摄

▼城隍爷出巡。梁文祥 摄

实的“广味狂欢节”。

事实上，广府庙会的概念并不是一开始就得到广州人认同的。在广府庙会举办之初，曾有多位本地民俗学者直指，在广州生活超过半个世纪，却从来没有听说有“庙会”一词，这个概念也未曾见诸本地文献，认为“广府并无庙会”。

可是，这几年随着广府庙会的深入人心，渐渐有学者说“撑广州，当然要逛广府庙会”。诞生之日便饱受质疑的广府庙会，为什么能够激发出广州市民、游客这么大的热情？这得从活动的主要策划人说起。

在未见越秀区委常委、宣传部长陈晓丹前，记者一度以为力推广府文化的她是土生土长的老广，交谈中才得知作为新广州人的她是20世纪90年代来广州读大学之后，才与广州结下不解之缘的。“我早已把广州当作第二故乡，她的开放包容、平实亲民尽显广府文化精髓，而这也正是这座城最美之处。”陈晓丹对广州的爱溢于言表。

“越秀区在4年前‘复活’广府庙会可以说是‘天时地利人和’的结果”，陈晓丹回忆，2011年，她正任职越秀区副区长，分管的就是越秀区的文化工作。当时，恰逢广州市全面推进培育世界文化名城的契机，且省、市文化发展规划都将广府文化纳入其中，这是前所未有的，“这也让我们看到了传承发展广府文化的深厚基础和广阔空间”。

陈晓丹和她的同事们通过深入调研，逐步明晰：越秀区作为广州建城两千多年来未曾变更的城市中心，积淀了丰厚的历史文化资源，荟萃和浓缩了广府文化精华，是展现开放包容、重商务实、创新求变的广府文化精神的最好载体。

加之当年在迎亚运整治期间，始建于明洪武年间的广州城隍庙修缮一新后重新对市民开放，受到街坊热捧，也为广府庙会的举办带来了契机。

说干就干。作为广府庙会的发起人之一，陈晓丹力荐越秀区政府“复活”庙会民俗活动形式。“当时广州市区并没有正式的庙会活动，每年正月十五也没有特色的民俗活动，广府庙会正好填补了这一群众文化需求的空白。”

“庙会走进生活、走进百姓，才有生命力。”在她看来，广府庙会历经4届，到今天成为广州街坊游客争相参与的民俗活动，与其说是政府刻意向群众的推广，不如说是政府很好地发掘了群众内在的文化需求，并且通过持续的创新发展，不断满足群众内在的文化需求。

今天，广府庙会已实现了政府的“零投入”，政府搭台，吸纳社会资本、整合社会力量进行运作。“这条良性发展路子也为广府庙会注入了可持续发展的动力，我们有理由相信广府庙会今后将为群众提供更多更好的文化体验。”

“广府文化是广府地区的根和魂，是广府地区发展的重要支撑，广府庙会这一节庆活动是越秀区大力推广广府文化一个重要的载体，我们更加希望有更多的人关注和传承广府文化。”陈晓丹坦言，从事了这么多年的文化宣传工作，广府文化早已成为她最割舍不下的至宝。

文化的生命力源自生活、扎根百姓，民俗文化更是如此。这般看来，其实广府文化并不老土，更谈不上消亡，文化有了新的载体，便被赋予了新时代的定义。

陈晓丹告诉记者，在广州还有无数像她一样为广府文化、为广州民俗而积极奔走的新广州人。广州城对他们展现出兼容并蓄、气象万千的风貌，他们也由衷地向广州倾注更多的情与爱。

传唱

闭上眼聆听一个城市，在声音中捕获对城市的认识。可以是歌声，也可以只是身外随便某物发出来的声音，有一些每天都能听见，有一些却再也不会有，有一些是某个空间的独有。为它写歌，为它留记忆，最终还是自己收获其中。

“广州好，有好多好嘢食佢合味道。艇仔粥虾饺呷埋叉烧酥，斋面姜葱捞一捞……”“笑笑我未见乡音改去，远远我望见街中深处，有个细路佢听紧往事，可否将那首不朽歌儿唱多次……”

如此接地气的歌曲从一位烙着广州印记的80后歌手口中娓娓唱出，词曲则出自一位70后，他是广州土生土长，对广州文化有着深入研究的音乐人。

2005年，一张名为“唱好广州”的粤语唱片在广州悄然走红，10首取材于广州本土风俗、人文传统的流行歌曲，勾起了无数老广的往日情怀，一个“粤味”十足的名字在本地文化圈内引发热烈讨论——“东山少爷”。

5年之后，在2010年广州亚运闭幕式上，作为广州本土歌手代表，东山少爷献唱开场曲《月光光照羊城》，让中国乃至亚洲的人们记住了这座城市的浪漫与平实。

这名站在聚光灯下的年轻人本名叫廖寰。广州人都知道，老广州流传两个非常著名的称号——“东山少爷”和“西关小姐”。一名歌手用“东山少爷”做艺名，自然是有意带出一种广州本土味道。

殊不知，廖寰并不是土生土长的广州人，他本是广东罗定人，15岁来到广州读书，毕业于星海音乐学院，自那时起，便与广州结下了不解之缘。

“为什么你不是老广，却愿意唱好广州？”面对这一问题，廖寰笑言，自己虽不是老广，但也是广东人，粤文化一脉相承，从小他就深受广府文化的影响，希望能够为自己生活的城市做一些事。

上一个问题，在黄毅成这儿便不成问题。出生于70年代的黄毅成，总是怀念起初夏时节到西关外婆家的印象，广州特有的盛夏，天气说变就变，彼时狭窄的青石路两旁，街坊“落雨喇，收衫啊”的提示声此起彼伏。

“湿漉漉的青石路，袅袅香炉的熏香味，令人难忘。”就这样，一直到黄毅成小学毕业，广州的变化也越来越大，高楼拔地而起，这种老广州的味道日渐消散，不复存在。他说，自己对广州文化的情有独钟，就是在那个时候开始生根发芽的。

正是因为黄毅成看到了广州文化正在式微，这促使他决心“为广州出专辑”的想法：“西关的趟栊门越来越少，包油角等民间习俗越来越少人知晓，童年时常听的摇篮曲也慢慢不见传唱，甚至连很多本地长大的小朋友都不会说粤语了。”

“我们不是没有文化，而是我们的文化缺乏包装。我要用音乐去描写和包装这个我热爱的城市。”在欧洲游历归来之后，这一段感悟印在了“唱好广州”专辑自白之上。

好歌总得有人唱，这时黄毅成看上了还未毕业的廖寰。当时，斯文靓仔的廖寰参加了2004年广州举办的“羊城新秀”歌唱大赛并获得了冠军，他还能说一口流利的广东话。当黄毅成找到廖寰说想出一张专辑，希望“让广州人通过听歌，唤醒他们对广州文化的关注”时，廖寰“想都没想”便答应了。

之后两张专辑“唱好广州1”和“唱好广州2”，令廖寰红遍广州，专辑甚至被广州人称为“广州的有声名片”。不仅如此，音乐超越语言的界限，专辑推出后，除了引起本地人共鸣，还有不少外地朋友，虽然不懂得粤语，但也通过他的歌对广州产生了兴趣。

记者还记得，当年向记者推荐“月光光照羊城”这首歌的是身边一名来自西安的朋友陈琳。“我唱熟了这张专辑，就能学会广东话了吧？”对刚刚来穗工作的她，廖寰的专辑成了她的粤语启蒙。

时代在改变，黄毅成和廖寰打造的“广州有声名片”也在与时俱进。2010年廖寰推出了“三世书”专辑，歌曲覆盖面从广州文化扩大至岭南文化、广东人的信仰和价值观，同时专辑中也特意加入了普通话的歌。

随着广州足球氛围的日益火爆，黄毅成创作、廖寰演唱的“广州队”，无数次在广州队主场响起，见证了广州队成功冲超和其亚冠之旅，全场球迷高唱“冠军终归这里”，是每个广州队球迷的集体回忆。

还会不会继续唱好广州？“当然会！”这是廖寰肯定的回答，唱更多激荡广州人心潮的歌，也把广州、广东的好唱给外地的朋友们听，这是廖寰和黄毅成坚持下去的原动力。

结语

有这样一种观点：当一座城市的本土文化意识崛起，必然是与其市民的集体回忆相关的，而其市民的集体回忆则往往承载于一些历史建筑、风俗习惯之上。如今，势如破竹的城镇化正在发展，广州的本土文化却逐步定格为老广记忆里若隐若现的刻痕。

可是，在中山大学党委常务副书记、副校长陈春声看来，地域文化是现代人建构出来的概念，文化本来是不确定的事物，这也意味着文化没有削弱或消失一说。当下，广州要做的首先是文化空间的保育，一方面是保留存留下来的旧建筑、街巷；另一方面，要构筑新的文化空间。

事实上，受到外来文化等客观元素的影响，广府文化当前确实面临着一种危机与紧张，可难得的是，广州民间存在着很强的保护本地文化的力量，尤其是新一代的广州人。

不必担心，广州人的文化保护之旅才刚刚开始。

撰文／张西陆

访谈：城市的现代化就是把传统带进未来

广州市社科院岭南文化中心主任、研究员　梁凤莲

梁凤莲

坦白说，广州是一座“混搭”的城市：现代与古旧纵横交错，前卫和保守相安无事，庸俗与典雅相得益彰。

站在热闹的北京路、天河、上下九商圈，看着熙熙攘攘来往穿梭的行人，有一种眩晕的感觉。可当你随便走入哪条有点历史的老街，瞬间便享受到静谧与从容。如果哪家的门敞开着，你可以看到一家三代围坐餐桌吃饭或激战“四方城”的情景，行走在枝繁叶茂的大叶榕、木棉树下，让本地人看着愉悦亲切，外来客看着暖意洋洋。

可难以避免的是，在“财富推土机”步步紧逼下，广州和全国很多城市一样，文化遗迹消失的阴影正从四面八方潜来，原来的历史建筑或被钢筋水泥取代，或被焕然一新却失去了韵味的“古迹”替代。

城市发展与文化保护如何平衡？想要说透这个问题，广州市社科院岭南文化中心主任、研究员，一级作家梁凤莲博士可谓不二人选。

梁凤莲，土生土长的西关小姐，这么多年来，凡与广州区域文化有关的研讨和调研，她基本没有落下过，且参与激情有目共睹。

有人这么评价梁凤莲：老广州是她的终身情结，与她的今生前世有着一份难舍难分的契约。

在梁凤莲看来，城市在处理文化与发展时，所面临的首要问题是对传统与历史遗存的态度与立场。变，也许是存、除之间的第三条路，如何把广州人的集体记忆，通过建筑、现代的方式保留下去，才是当政者最需要思考的命题。

广州文化要用发展眼光来看

南方日报：在许多人眼中，您是一位本土文化坚定的维护者。多年前，有人评价“广州是一个说不清的城市”，甚至称广州为“文化沙漠”。在您看来，广州文化到底是一种什么样的文化？这种文化的核心是什么？

梁凤莲：言说不清的原因，无非是两个，一是我们没有找到正确的文化标准，自设的体系不正确，没有把握到广州的文化核心，没有发现广州的文化优势；二是我们的话语权、话语力与我们的文化地位不对称，我们只做不说，不善于传播表达。

广州文化的时代特色是“顶硬上（意为死扛）”。广州的文化机遇出现在近代，在封建文化穷途末路之际，在中国需要变革之际，岭南文化振臂一呼，担负起勇立潮头的重任，因此，广州文化是一种近代文化。

广州文化的精神特色是“变则通”。谁的城市决定了谁的文化，重商的传统和数以万计的大小老板，使得广州文化具有经济基础推动上层建筑变革的无穷动力，这是现代文化与封建文化最本质的区别。

广州文化的生活特色是“叹世界”。海洋文化的兼容使得我们有着不一样的眼界和拿来主义的勇气，而浓浓的市井底蕴又使得城市有着“叹”生活的享乐主义的氛围。

文化成熟的标志在于文化的输出，四海之内的唐人街，无论是伦敦的，还是纽约的，大部分是羊城饭店、广州酒家，吃的是早茶，听的是粤剧，打的是咏春，看的是李小龙，我们的文化核心不是君君臣臣、父父子子的森严等级，它是中华文化“仁义礼智信”的核心价值观在大海之滨孕育的一颗新文化种子，在海风的吹拂下，结出了甘甜怡人的果实。尊重中华文化的多元化、多层次，在历史的长河中，用发展的眼光来看文化，自然不会认定广州为“文化沙漠”。

时光可以流逝，精髓必须永存

南方日报：骑楼一座一座消失、多座宝贵古建筑被拆……2013年至今，广州本土文化载体似乎遭遇了一场接一场“洗礼”。对此，您怎么看？

梁凤莲：城市在处理文化与发展时，所面临的首要问题，不是资金，而是对传统与历史遗存的态度与立场，有没有对传统的敬畏感，有没有文化传承的历史意识，决定了城市格局与面貌选择的方向，不敬重珍惜城市的过去，显然也不可能知道将来的定位与支点在哪。

古建拆迁涉及到了两个问题，一是建筑，二是时间。建筑是文化的一种，时间是文化无情的检验师。我想我们暂且不停留在今天，而是回溯一下岭南建筑发展的历程，再回头来看看该如何决定骑楼等建筑元素的命运。

岭南建筑文化最大的特色是“变”，近代岭南建筑在传统建筑的基础上，中西合璧、古今一体，以创新变化为特色。中山纪念堂的八角形宫殿形制既吸收北方文化，也借鉴了西方文化。爱群大厦采用哥特式立面加骑楼，多种风格冶于一炉。到了当代，莫伯治、何镜堂更把创新的风格进行到底，取一元素，充分放大，构成具有现代风格的岭南建筑，例如南越王墓纪念馆用红砂岩这种材质代表岭南，就此构成的浓浓岭南风，无人可以否定。

回过头来，我们再看骑楼，它并不是岭南本土建筑的产物，而是舶来品。岭南建筑的文化精神在我看来，就是两点，一是中西合璧，二是善于创新。传统元素在世博中国馆等建筑中，以现代审美接受的方式完美呈现，我想这是未来的方向。

变，也许是存、除之间的第三条路。时光可以流逝，精髓必须永存。骑楼是以象征意义存在，还是以实际利用价值存在？骑楼如果失去了利用价值，它又如何走向未来？我想在规划方面，建筑和规划专家自然有所定论，关键是，市民难以割舍的骑楼有着它丰富的集体记忆，我们如何把这种集体记忆，通过建筑的方式，通过现代的方式，继续保留下去，才是最需要思考的命题。

南方日报：硬币总有正反面，广州文化遭遇生存“危机”的同时，广州人对于文化的保护力度和使命感反而见涨。您如何评价广州人的表现？

梁凤莲：现象的背后是规律，文化主体的行动动力来源在哪里？众多现象给出了答案。不仅是广州人保护骑楼，天星码头也曾唤起了香港人的“本土行动”，集体回忆是如此的难以割舍，文化注入血脉之中的那种认同，是多么的强大，它穿越历史的千山万水，直抵子孙后代的情感深处。

传统文化的强大，在于它是一个民族、一个地区的凝聚力根源，文化认同是身份识别的重要标尺，而文化认同的核心就是传统文化。当80后、90后游学或留学归来，当他们在披萨、汉堡、摇滚、现代派的世界迷茫过后，他们会发现他们皈依的还是中国味道、中国声音、中国视像、中国情怀，传统是我们的祖先遗传给我们的文化密码，就像我多次在讲座中说的，文化是城市的DNA，它存在久远，无可改变。

城市化的高速发展，也伴随着城市居民的成熟与理性，得失之间，到了今天促使大家进行反省：我们的家园意识归栖在哪？我们的城市记忆寄托何处？文化的认同展示了文化主体的主人翁立场，集体回忆，只是我们与文化生活在一起的某个方面，文化在我们的身边，伴随着我们的时时刻刻，当生活越来越富足，我们拥有的物质财富越来越多，我们便会更加珍惜我们将要失去的精神遗产，更加看清我们肩负的责任和文化使命，这是城市的管理者应该感到无限欣慰的，市民对于城市有依恋的情结，市民对于传统有珍视的态度，市民对于城市有认同的情感，必然，他们将把城市作为自己的居住家园、精神故乡，为城市的美好努力奋斗。

坚守独一无二特性才能防止一年百变

南方日报：2012年，广州开始朝着世界文化名城的目标发展。在当年一次市人大代表集体“约见”市领导的会议中，您向副市长王东直言，广州建世界文化名城，规划总在“漂移”。多年过去了，您认为广州在建设世界文化名城方面走对方向了吗？

梁凤莲：“漂移”一方面是对过去的不自信和对未来的不坚定，规划其实是用蓝图的方式确认我们要追求的目标。

文化自信是文化实力的外化，更重要的是，它是一种态度和立场。它时刻提醒着我们从哪里来，告诉我们应该到哪里去。广州建城已经有2200多年的历史，空间格局已经基本确立，从北到南，山城田海，城市中心在两横（珠江、白云山）两纵（新中轴线、老中轴线）的框架里优化，东进、南拓是未来新城发展的方向，这个路径是完全正确的。

时间的诱惑在于急功近利看上去比日积月累更美丽，追求短期效应是“漂移”的原因。在旧城区守护遗产，和在一张白纸上描绘蓝图，同样需要付出巨大的代价，关键是我们的选择是什么？是让少小离家的人老大不识故乡，还是让广州永远是广州，无论是华南文化中心，还是世界文化名城，它都一如既往地坚守着自己的风格，不为时间的变化、人物的变化而改变？

“漂移”的第二个方面是在把传统带到未来的过程中，不可避免地出现探索阶段，在现代化传统文化的具体操作过程中，无法一开始就准确地定位，因此也可能会付出代价，这是允许的。只要自信于传统的价值，知道新变的方向，坚守广州独一无二的特性，才能有效地防止千城一面、一年百变。

南方日报：说到底，所有问题又回归到了老话题。广州经济飞速发展与本土文化的保护该如何协调？面对打造世界文化名城的目标，广州该怎么走下去？

梁凤莲：面对文化，每一代人都有不同的使命。20世纪，亚洲起飞，迫切期望登上世界舞台，国际化曾是亚洲很多城市无法绕开的一个问题。香港、首尔、新加坡、台北、曼谷、吉隆坡都曾经落入国际化的陷阱，迷茫于怎样跟世界文化名城对话，怎样让文化的交流传播更加畅通无阻，更好地赢得世界的尊敬。

广州文化在国际化之前必须思考一个问题：是国际化还是现代化？欧洲国家的现代化是它们有能力和信心，把传统带到今天，带到未来，所谓的现代化就是维护好它们自己的传统，国际化只是现代化水到渠成的副产品而已。

回到广州，世界文化是一个城市之间组合的网络，各个城市贡献智慧，分享成果，在这个网络中，没有特色便没有名城。所以，广州的国际化是特色的弘扬，广州的现代化是传统的演进，时代会诘问我们有没有能力维护岭南文化的生命力，把岭南文化从过去带到未来，这便是我们这一代人无可推卸的使命。

一座城市的动力与后劲，就是能否把有价值、有分量的传统带到未来，唤起更广泛的文化认同，在新变中让人感受到传统的温暖和力量，这样的文化传承才会更有底气、更有内涵，更有引导城市持久发展的力量。

数据

广州市非遗项目分类情况统计　　（单位：项）

类 别	国际级	省 级	市 级
民间文学	0	3	4
传统音乐	2	3	6
民间舞蹈	1	4	11
传统喜剧	2	2	2
曲 艺	1	2	3
传统体育、游艺与杂技	0	1	0
传统美术	5	12	10
传统技艺	2	11	16
传统医药	3	9	9
民 俗	2	7	19
总 计	18	54	80

广州市非遗项目占全国及全省百分比

广州占全国百分比

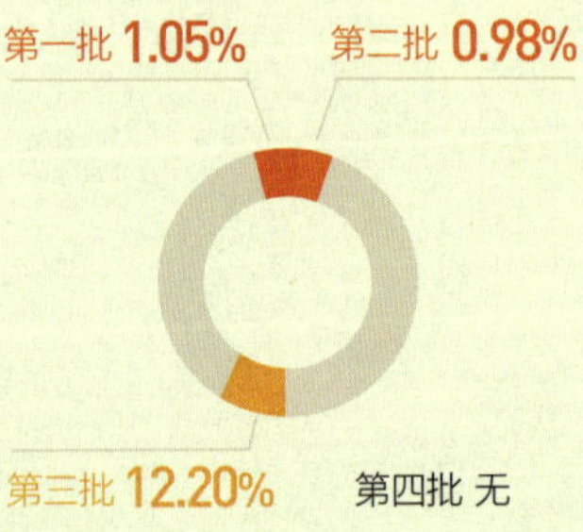

广州占全省百分比

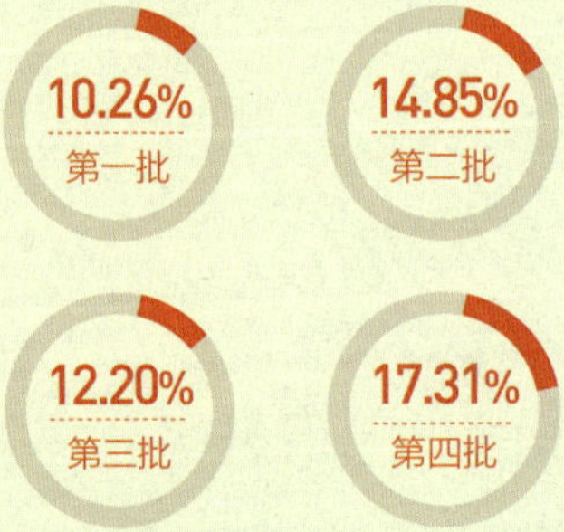

广州市非遗传承人分类统计　（单位：项）

类 别	国际级	省 级	市 级
民间文学	0	0	0
传统音乐	2	4	11
民间舞蹈	0	6	15
传统喜剧	1	6	8
曲 艺	0	5	6
传统体育、游艺与杂技	0	1	1
传统美术	5	14	19
传统技艺	3	12	19
传统医药	1	5	7
民 俗	0	1	2
总 计	12	54	88

以上数据来源：《广州蓝皮书·中国广州文化发展报告（2013）》

广州青年对人生的看法

（样本数N＝1682，单位：%）

观 点	不同意	同 意	不清楚
诚信是做人的基础	6.1	84.4	1.6
人生应对社会做出贡献	6.5	73.4	1.7
每个人都可以掌握自己的命运	18.9	54.3	2.6
人应该由某种信仰	15.3	50.2	5.1
人的本性是恶的	64.4	13.1	4.1
当今社会，人的最大追求就是赚钱	46.1	24.8	1.8
人应该及时行乐	16.5	52.7	2.4
如果您不照顾好自己，别人便会占您的便宜	34.7	29.3	4.6

第二章　老外：魅力羊城留住他们的脚步

I ♥ GZ

一大早，索马里姑娘Rihanna就摊开地毯，开始做礼拜。来自加纳的Vide和Felicia姐妹，则来到了小北一带批发货物，她们喜欢广州的繁华和便利。

英国小伙子Peter感觉自己正加入到一个伟大的进程中，他不仅仅是在教英语，而是在帮助学生打破不同国家间语言、文化的障碍，让更多广州人成为“世界公民”。

拥挤的地铁、拥堵的交通让Eric感到头疼，但周围的一张张年轻面孔，却让他想起了20年前第一次从荷兰来广州的情景，那时的他风华正茂，以一种大无畏的精神投身事业。

“国际公民”庄礼斯在欧洲、美洲、亚洲中变换着工作轨迹。交通拥堵、空气污染等问题，在他看来都是城市发展中必须经历的过程，他希望看到这个城市发展得越来越美好。

上述的四个人国籍不同、肤色不同，却都在广州找到了属于自己的生活圈。无论是做生意还是体验生活，无论是来旅游还是学习，广州正在以开放、包容的姿态给予世界各国人民更多的可能性。

然而，当越来越多的外国人涌入城市中，广州的基础设施、管理服务等却面临着挑战，交通拥堵、空气污染等问题都在快速发展的过程中显现。广州离国际化城市有多远，如何给予外国人更好的生活和工作体验，都是城市管理者需要解决的问题。

寻梦
异乡编织成长故事

上午11点，天秀大厦依然人迹稀少。Vide和Felicia坐在一家卖假发的店铺门口，等待店铺开门。商铺间的过道很窄，一旁还堆着各色绸布遮盖的货物，只能容纳两个人同时通过。在这里等待的人并不少，附近的小餐馆旁，十几个黑人或坐着或蹲着闲聊打发时间。

在地铁站小北一带，不少写字楼都是非洲人开的公司和办事处，批发店铺的客户也大多是非洲人。这片以洪桥为中心的区域，被人们称为“巧克力城”。

“广州工厂的很多货物都比较便宜，很好做生意。”Vide和Felicia是两姐妹，来自非洲西部的加纳。她们每年会来广州三次，每次只停留两个星期的时间。她们来广州的目的很明确——做生意，批发鞋子、T恤、假发等货物。长期与中国人做生意，姐妹俩学会了“谢谢”“多少钱”“等一下”这些简单的汉语。

半个小时后，假发店开门了，Vide和Felicia开始在店里挑选假发。“这些是手工制作的，价格比较贵。”店员用简单的英语和法语与姐妹俩交谈，并在计算器上敲出价格，Vide嘀咕了一下，摇摇头。姐妹俩拿着假发相互比划了一阵，就走出了店铺。

“她们不是熟客，一般不会很快下单。”店员小珍刚上班三个月，已经见识了黑人做生意的精明。新客人会走遍附近所有的店铺，货比多家后才做决定。“他们很会砍价，我们就根据批发的数量给相应的折扣，不过他们结账时往往不肯给尾数。”

距离小北只有一个地铁站的淘金，却是另一番面貌。街上行走的外国人依然很多，但已经很少见到非洲人的面孔。

来自荷兰阿姆斯特丹的Eric近20年来每年都会来广州。“以前这里很穷，路上也很脏，但现在就完全不一样了，有现代化的高楼，就像纽约一样繁华。”提及广州这20年来的变化，Eric的语气中带着一股兴奋劲儿，“第一次来广州我还是个24岁的小伙子，现在已经是45岁的老爸了。”

Eric是奔着广交会来的。“20年前，广交会还是单一的出口商品交易会。”跟着朋友前来的Eric对广州一无所知，却看到了广交会蕴藏的商机，“这里货物都很便宜。而且从2007年开始，广交会成为了进出口的双向交易平台，来这里的外国人越来越多”。

“广州市政府对于市场的干预比较少，广州有非常成熟的市场机制，消费者也相对理性务实。”Eric很喜欢来广州做生意，他感觉广州的服务业非常发达，广州商人的思想开放，务实精明，不会抱团排挤他人，更注重双赢的价值提供。

“走在路上，有时候觉得自己不像是在国外。在广州街头几乎可以遇到来自世界各国的人，偶尔我会迷惑自己到底置身何处！”Peter是广州一家英语培训机构的外教，来自英国南希尔慈，5年前来到广州，为的是“增加自己的国际体验”。

这位英国小伙有着金黄的头发，平时喜欢背双肩包，戴黑框眼镜，看上去酷酷的，和台下坐着的学生没两样。在教学中，他惊讶地发现，广州的家长很开放、勇敢，愿意尝试，希望孩子能独立地面对世界，“越来越多广州人开始将自己打造成世界公民”。

期间，Peter还到过北京、上海和深圳，但他却在广州看到更多不同国籍、不同种族的人，尤其是中东地区的外国人，“这说明广州的文化交流更为多元”。外教的工作让Peter感到很充实，他希望帮助学生打破不同国家间语言、地域和文化的障碍，“来广州是正确的决定，我加入了一个伟大的进程”。

融入
探索和了解广府文化

每天下午，在小北开牛仔裤店的小陈都能看到对面店铺里的黑人姑娘做礼拜。“刚开始觉得很奇怪，后来就渐渐习惯了。”连续两年，小陈看着这位黑人姑娘每天都在特定的时间做礼拜，“几年如一日地坚持，挺触动的”。

这位黑人姑娘叫Rihanna，来自索马里。这天，她戴着红色头巾，身穿白色牛仔套装，长长的眼睫毛把眼睛衬托得更大了。“在广州生活很便利，感觉并不像是在国外”。Rihanna如今已经很习惯广州的生活了，虽然不太适应这边的饮食，但早饭和午饭都由表妹在附近的菜市场买菜做，晚饭则在小北一带的餐馆吃，一切都很顺利。

Rihanna会讲一口流利的汉语，这得益于她六年前在武汉读了六年书。此前，她在索马里的一所大学念书，以前五名的好成绩得到了免费来中国留学的机会。毕业后，Rihanna来到舅舅做生意的地方——广州，日常工作就是接国外订单、看店等。

每个周末，Rihanna都会和朋友到北京路逛街，这是她在广州最喜欢的地方。高高挂起的大红灯笼，街道中间保留的古代道路等，都让她着迷。行走其中，周围来来往往的外国人很多，让她感到很自在。

“在索马里，晚上六点后就不能出来了，尤其是女生，会很危险。”在广州，Rihanna每天工作到晚上10点，看着周围的灯光和人来人往，回家的路也觉得心安，“广州是一个很包容的城市，各式各样的人都能在这里活得很好”。

除了继续在广州保有自己的信仰，过着原来的生活外，也有越来越多的外国人开始尝试融入广州的生活。

庄礼斯是英孚教育海外游学留学中国区总经理，由于工作的关系，每个月他都会来广州。庄礼斯的英文名是Linus Jonsson Bio，为了融入中国的生活，他取了个很接地气的中文名字。这个中文名字很符合他的形象——一头金发，个子高大，说话时总喜欢面带微笑，更会俯身倾听对话的话语，大气而优雅。

▲外国友人在洪桥街客家山歌协会参加“外来媳妇客家郎”的节目排演。肖雄 摄

庄礼斯出生在瑞典西部小城镇Boras，那里也有很多中国餐馆，经营者大多是广东人。对他来说，这是非常有意思的家乡记忆。此后他来到广州，看着眼前的中国面孔，也备感亲切和熟悉，“人们都很随和友好礼貌，服务非常热情”。

虽然每次在广州停留的时间不多，但在有限的时间内，他与同事都会去探索这个城市某个新的地方。喝早茶、吃砂锅粥、逛沙面、游荔湾……只要是和广州本土生活有关的一切，他都希望去尝试。“我最喜欢吃的是广州的点心，种类太丰富了。”

在广州，庄礼斯最喜欢荔湾区。他出生的小城镇有着几百年的历史，保留了大量的历史古建筑。在厚重的文化熏陶下，他也特别喜欢广州的老建筑，“广州的文化、开放的历史，之前几百年来在对外交流中发生的故事，我都很想去探索和了解”。

冲突
交通拥堵和空气污染让人头疼

在广州生活了两年，Rihanna的生活轨迹几乎没有离开过小北生活圈。曾经，她也尝试融入这个城市，却总是遭受打击。“人们好像只知道我们做过的不好的事情，却不会记住我们做的好事。”谈及此，Rihanna脸上露出一丝疑惑。

刚来广州租房子时，Rihanna和房东签了一年的合同，房租为每月4000元。可住了不到三个月，房东却把她赶出来了——因为一个阿拉伯人愿意给更高的租金，每月5000元。“合同都签了，房东却毁约了，我也有苦难言。”

最让她不解的是，房东出租的两个面积差不多的房间，她给的房租几乎是另一个中国租客的两倍。“她们只需要2500元的房租，我却要给4000元。房东说，我们租房要收手续费，我也不知道有没有这样的规定”。

即便在她最喜欢的北京路，遇到的吃亏事也不少。比如，去鞋店买了三双鞋子，给了钱，店主帮忙打包，回家后却发现只有两双鞋子。Rihanna不喜欢与人争论，遇到这些事情，她都选择默默忍受。

谈及与本地人的交往，Vide和Felicia姐妹也有一肚子的怨言。在大街上行走时，Vide和Felicia有很高的回头率。姐妹俩分别身穿墨绿色的裙子和黄白相间的衣服，壮硕的体型以及手上拎着的大包小包，让她们在大街上极为显眼。

Felicia双手摊开，显得很无奈。在地铁上、公交车上，她们都是被“凝视”的对象。“人们总是偷偷斜着眼盯着你，还喜欢捏着鼻子，露出厌恶的表情。”Felicia用手捏着鼻子，眉头紧皱，模仿着人们看她的表情。

“打车我们是打不到的，就算打到了车，还有人不打表，去哪都是50块钱，司机都不愿意不打表。”Vide感到很气愤，有时候她们在街上等了半个多小时，出租车一辆都不停。忽然旁边来了几个中国人，出租车一下子就停了。

“其实和他们接触多了，会感觉他们很亲切。”刚来小北这边的店铺工作时，小陈也有顾虑。在他的印象中，黑人最突出的问题就是非法居留。“很多出租车司机不愿意载他们，一方面是觉得他们太胖，行李太多，另一方面则是觉得他们太抠”。

不过，抛开一切外界的因素，小陈却发现他们很好打交道，“虽然不如欧美人那样风趣幽默，或许是生活所迫，他们平时并不喜欢笑，但一旦和你熟络，就会对你很真诚”。

事实上，签证难是Vide和Felicia认为在广州最不方便的地方。

“我们只能办旅游签证或商务签证，一次签证只能在广州待30天”。对于收入不高，却又希望在广州工作养家糊口的外国人而言，来回签证要付出很大的成本。

“没办法，为了生活嘛。”对于非法居留的问题，Rihanna不愿多谈。有些非洲人签证过期后，为了躲避被抓，往往凌晨12点后才敢出门，白天都躲在屋子里吃泡面度日。

Peter却有另一种烦恼。在广州生活的5年里，他几乎年年都会患鼻炎，这在英国从未发生过。在街上行走时，汽车的气味、空气中的二氧化碳都让他感到不适。只要不出门远行，他就觉得很舒适。“我是个宅男，生活很平淡。”Peter很喜欢广州的小咖啡馆，也喜欢看书。

不过，来广州做生意的Eric却不可避免地要频频出门，牛仔裤、T恤衫和箱包是他出行的标准配置。起初他放松地靠在一旁的路牌等车，看看天空的白云，看看周围人来人往，脸上露出温和的笑容。但时间一分一秒地过去，半个小时后，他还没有打到车。他开始直起身子，来回踱步，而后双手交叉放于胸前，显得有点烦躁。

“最怕的就是打车，有时候一个小时都打不到。”Eric脸色很尴尬，嘴角微微上扬，无奈地挤出一点笑容。“以前我会去坐地铁或公交车，但是人太多，挤不上。”Eric第一次搭乘地铁时，人们都整齐地排好了队。但车门一开，队伍瞬间变得凌乱，人们从队伍两旁蜂拥而至，最后只留下他一个人在站台上，“挤了四次都没挤上车”。

广州的路牌也让Eric很头疼。有时候他想照着路牌的指示去一个地方，却怎么也看不懂路牌上的英语标识。“如果观光点、纪念物的指示说明，能够让外国人更容易理解就好了”。

寻路
给予各种人尊重和服务

“如果不是为了做生意，我们那里估计没有人会来广州。这里一切都很好，只是没有归属感。”最近一段时间，Rihanna琢磨着要不要去迪拜工作，那有她舅舅与一个中国人开设的外贸公司，工作仍然是接外贸订单。

Rihanna喜欢一切繁华的东西，至今她仍忘不了第一次在广州看到的璀璨灯光，第一次看到变幻着色彩的“小蛮腰”，第一次在北京路看到的大红灯笼。但除去这繁华的表象，她更渴望一种来自家乡的归属感。

迪拜则满足了她这两种需求。这个阿联酋最大的城市，是中东地区的经济和金融中心，也是公认的国际化大都市。这个拥有世界第一家七星级酒店、世界最高摩天大楼的城市，几乎成了奢华的代名词。“迪拜很繁华。”说起第一次去迪拜的情景，Rihanna眼中闪着光。

更重要的是，在那里，阿拉伯语、英语、印地语等都被广泛使用。“我不太懂什么叫国际化，我只希望自己能过得舒适。”Rihanna说，那里有很多她的族人，“如果遇到了什么问题，能很容易找到帮助”。而在广州，遇到问题时她只会求助老乡，对当地政府的公共服务一无所知。

“反正就是来这里赚钱的，赚够了就回去好好生活。”Vide和Felicia则表现得无所谓，这个城市只是他们的交易平台，谈不上多少情感和归属感，“但一个城市要留住人，就要给予各种人群以尊重和服务。”

Peter很喜欢广州的本土文化，他认为本土饮食习惯、语言、老建筑都是一个城市的精髓，“在国际化的进程中，也要好好保留这些本土文化，一个城市才更有味道”。最近听说广州又有几栋民国骑楼要被拆除，Peter感到很心痛，“没有了本土文化，就没有了灵魂”。

“国际公民”庄礼斯更希望用一种发展的眼光看待广州的国际化进程，他出生和成长在瑞典，在日本、澳大利亚求学，随后在亚太地区工作过。无论在欧洲、亚洲、美洲，他都能快速适应环境，了解并融入当地文化。“不过很抱歉，我暂时还说不好广东话”。

庄礼斯坦言，其公司业务十多年前进驻广州，如今，办公室的面积翻了一番，业务增长量也非常迅速，并保持了良好的发展趋势。“广州人的思想开放，勇于尝试，外贸业也很发达，这里的人对国际交流的需求很迫切”。

“我觉得广州不仅仅是一个适合做生意的城市，也非常宜居。”在庄礼斯看来，广州面临的交通拥堵和空气质量问题，几乎每个大型城市在发展过程中都会遇到，“伦敦也曾经被称为雾都，东京的交通也非常让人头疼，但这确实是城市发展中不得不经历的过程”。

庄礼斯曾经在新加坡、东京生活过很长的时间，在他看来，新加坡是国际化城市建设得很好的样板。英语是新加坡的官方语言之一，“很容易找到能用英文沟通的人”。同时，不同的社群和宗教都同时发挥作用，给新加坡的发展提供了很大的动力。

“在欧美的国际化大都市，艺术文化活动非常丰富。”庄礼斯认为，广州未来可以引入更多这类活动，提高城市的国际韵味，“给世界各地过来的游客和外国居民留下更加好的生活体验。”

撰文／吕道励

访谈：城市治理思路和语言体系都要有“国际范”

广州社科院城市管理研究所所长　黄石鼎

黄石鼎

南方日报：1992年起，广州便提出了建设国际化大都市的目标。对于广州来说，打造国际化城市的必要性和重要性何在?

黄石鼎：直白地说，广州只有走国际化的路才有前途。从地理位置看，广州既是沿江城市，也是大江下游的滨海城市，如果不走国际化的路，就没有太多资源和资本参与未来的城市竞争。

事实上，广州从诞生到现在，其经济活动都以贸易为主，强调的是一个城市和其他地区的联系，这种联系和贸易使得广州有急剧的增长和成长。因此，加强和世界各地区或区域内其他地区的紧密联系，才能促进广州未来的发展，这也是广州国际化的精髓所在。

此外，随着全球化的普及，全世界的城市都在同一平台进行竞争，在同一网络下发展，国际化程度低就意味着竞争力低，城市功能退化，变得单一，而如果国际化程度高，城市的功能就能更全面和强大，整个城市在世界的发展就有前途。

南方日报：不同的人对国际化城市的定义并不一样，有的外国人认为广州很国际化，也有外国人认为广州离国际化还有一定距离。国际化城市应该具备哪些特征呢?

黄石鼎：10年前开始，很多城市便号称自己是国际化大都市。但从全世界来看，真正的国际化城市并不多，比如伦敦、纽约、香港等城市。

国际化城市有几个主要的特征，其基本的前提是金融非常开放，这意味着不论是哪个国家的货币，都能在城市中进行自由兑换。最重要的是，国际化大都市应该是一个无障碍的全球化经济结构和经济状态。

国际化城市还要有很强的文化包容性，这并非体现在政府的政策中，而是城市市民本身的素质或整个城市的文化特征都具有包容性，即不管来自哪个地方、哪个地域的文化都能受到尊重和包容。

同时，这个城市应该有一个多语言或国际化的语言环境，这体现在很多方面，比如路牌、媒体等都应该是以多种语言出现的。在使用官方语言的同时，在民间使用自己的语言不会遇到障碍或受到歧视。

此外，在国际化大都市中，其他国家的人口应该能达到一定的比例，有的国际大都市的外国人口比例甚至超过50%。以迪拜为例，其本国人口占了不到10%的比例，80%到90%的都是外国人口，这样的城市才能称之为国际化城市。

南方日报：与国内其他城市相比，以洪桥为中心的区域形成了非洲人聚集区，是广州国际化进程的显著特征。广州有哪些形成非洲人聚集区的条件？

黄石鼎：广州可能没有一个部门能准确掌握在穗外国人的准确数字。比如海关部门可以统计入关人数的多少，但很多前来广州的外国人，并非是从广州海关进入的。

过去，小北的写字楼基本都是非洲人开的公司和办事处，催生了与其配套的餐馆和提供服务的小商店，包括批发的小铺面都是为他们服务的，渐渐地就成了非洲人的聚集区，都是成行成市的。不过，现在非洲人聚集的特点不是很明显了，在广州的非洲人数量在减少，具体原因可能要问相关的管理部门。

此外，非洲人减少的一个很重要的原因是经济形势发生了变化。

过去中非贸易以家电、小商品为主，贸易公司的大部分业务都是从珠三角进货，然后销往非洲。不过，近年来，中国在非洲建立了自贸区，很多大型的贸易公司、贸易巨头都开始涉足中非贸易领域，中小公司的利润很微薄，生存也受到了威胁，所以参与中非贸易的人数大量减少。

事实上，经济是人数和人员结构变迁的主要因素。外国人来到广州主要以做生意为主，能够找到生存方式才能持续，因此必须要有经济来源。从目前的情况看，主要是由于经济的原因，做生意比较困难，所以前来广州参与贸易的非洲人大量减少。

南方日报：随着在广州工作和生活的外国人越来越多，广州未来如何做好外国人的服务和管理？

黄石鼎：本地人与外国人的冲突，谈不上是文化冲突，只能说是嫌贫爱富的小市民心态，这在每个城市都会发生。实际上，广州是一个很包容的城市，但包容并非是指打开家门让外人随便进家里，而是对外国人行为文化的尊重和认可。

外国人的服务和管理与城市国际化有直接关系，因为国际化最核心的问题是人的国际化。这体现在本地市民如何具有更高的国际眼光、视野和与国际人士交流的能力，比如语言、思维、产业结构上的国际交流能力，这些能力都决定了外国人能否在广州生活、工作乃至生产。

而决定一个城市外国人服务和管理水平的，则是文化和管理。在文化氛围方面，广州已经具有了文化包容的优势。在管理方面，由于我国对外国人管理属于外交事务层面，地方政府没有修改或修订管理条例的权力。

过去对外国人的管理政策，是封闭的计划经济状态下制定的法律，广州作为新型城市，就存在如何进行管理创新的问题。具体而言，就是在相关的法律法规允许的范围内，为外国人提供更多更有人性化的服务。

南方日报：国际化进程的加快也促进了本土文化和外来文化的融合，不过，不少市民却担心这种融合会侵蚀本土文化。广州在国际化进程中要如何平衡本土文化和外来文化？

黄石鼎：与其他城市相比，广州有更强的包容性。虽然这种包容性与真正的国际化大都市仍有差距，但在国内其他城市中，这种文化包容性是广州的优势。广州有很多中西合璧的东西，比如岭南画派既继承了传统的国画技法，又结合了西洋画的技术。

事实上，本土文化和现代文化并不冲突，本土文化和全球化则有矛盾。在全球化的浪潮中，原来的地域文化都很难抵挡其冲击。我们对自己的文化缺乏自信，也是一种功利选择的结果，即对于我们当前有用的，认为是好的就选择，而文化其实就是在不断的选择中延续的。

不过，在全球化的过程中，对本土文化的保护和坚守有这样的过程，一开始纷纷吸收，不知所措，后来就慢慢回潮。比如麦当劳汉堡包的大小、材质标准在全世界都一样，但现在开始在中国卖稀饭油条了，这是全球化过程中的本土化发展，是区域内市民选择的结果。

因此，在国际化进程中，担心本土文化的消失有点杞人忧天。事实上，即便没有全球化，有的本土文化也会被淹没，文化本身就是新文化替代旧文化的过程。但文化也会发展，本土文化也会得到促进。

南方日报：广交会是很多外国人认识广州的窗口。会展业对一个城市国际化起到什么作用呢？广州要如何利用会展业促进自身的国际化？

黄石鼎：会展业的发达程度显然是一个城市国际化的重要指标。国际化的会议和展览在一个城市举行，就证明这个城市在国际网络中有自己的地位和国际知名度。不过，近年来，广州的会展业虽然一直在发展，但相对于国内其他城市来说，广州却显得有点退步。

比如在国际上叫得响的展会，行业里排名靠前的展会，深圳办得越来越多，展会的层次、频度和密度都明显超过广州。同时，深圳的展会交易额即产值增加得非常快。从相对竞争力来说，广州至少是处于增长不足的状态，需要花大力气来振兴会展业。

目前，我们的财政对会展业的支持力度还不够，应该有更大的倾斜。除了政策方面的倾斜，还要有税收方面的支持。同时，政府还要花大力气调整和培育相关的会展公司，让整个会展业态进入良性循环，可以引入有名的跨国公司进行合作，或者和相关的城市进行双城战略合作，提高广州在特定行业的知名度。

南方日报：广州市社科院主编的《广州城市国际化发展报告（2013）》显示，从城市国际化各项指标排名来看，广州当前处于世界城市体系划分的第三层级，即“区域性国际城市”，与卢森堡、曼彻斯特、西雅图等城市位置相当。广州打造国际化城市，未来要从哪些方面进行提升？

黄石鼎：广州目前主要对东南亚的辐射和影响比较大，因此是区域性的国际都市。实际上，与真正的国际化大都市相比，广州的差距还很大。

要打造国际化城市，广州在整体市民的教育层次，城市设施、城市的服务系统等各方面都有很大的提升空间，比如城市基础设施要按照国际化的标准进行建设。一个关键的细节是，广州道路上的路牌，有的英文还会标错。

什么是国际标准呢？比如路牌用什么颜色，怎样设置才最醒目最清楚，标识是英文还是汉语拼音，国际上有一些标准已经沿用一两百年了，我们就没有必要设立自己的标准。比如高铁建设，目前国际上没有成形的标准，我们可以设立自己的标准，并将其变成国际标准。

更为重要的是，对于一个国际化大都市来说，整个政府的城市治理思路和语言体系都应该是“国际范”的。如果第一天说不限牌，第二天就出了限牌的政策，就不是国际范的做法。公共政策的出台应该公开、透明，采取听证会等形式征求民意后再做决策，这是国际化大都市的基本价值观。

数据

全球城市GDP排名

（2011年美国布鲁金斯学会全球城市GDP排名，单位：亿美元）

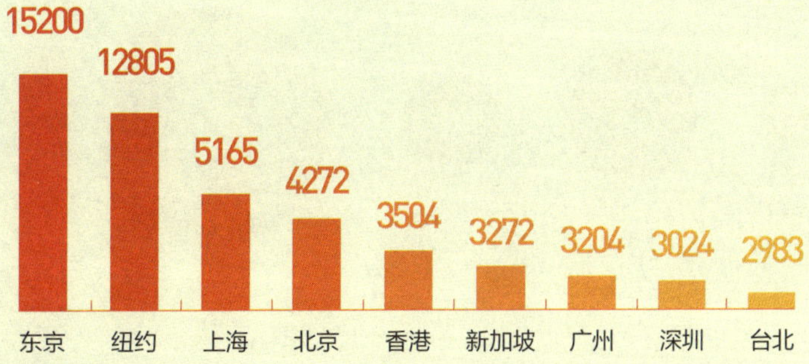

城市国际化评价指标体系主要城市排名

（具有国际影响力的城市分为三个类型）

01 纽约 伦敦

第一类是顶尖级的全球城市或者说“世界城市”，这些城市都是对于全球政治、经济、文化等领域有着关键性影响的大城市

02 东京 香港 新加坡 首尔 北京 洛杉矶 上海

第二类是洲际性国际城市，这些城市的特点是不仅在全亚洲都有较大的影响力，其影响和辐射还扩展到亚洲以外，比如欧洲和太平洋地区，但不能和“全球城市”相比。

03 广州 深圳 重庆

第三类是包括广州在内的“区域性国际城市”，与香港、新加坡等国际城市的差距在于，还没有太强大的洲际影响力。

世界500强企业总部落户情况

（据2012年《财富》）

2013年全球国际金融中心城市排行榜

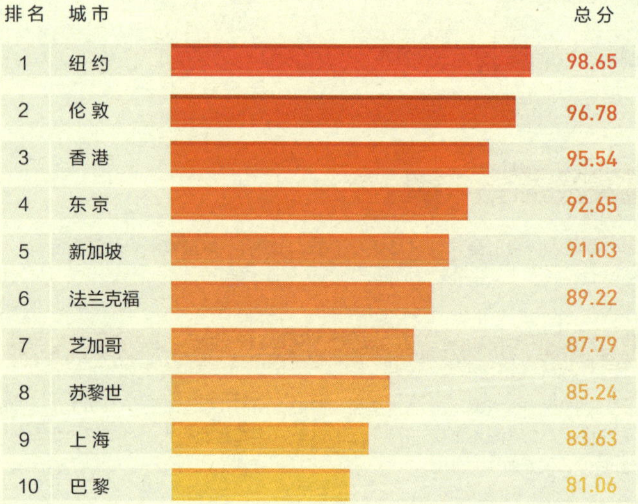

第三章　“二代”：都市新一代　寻梦新一天

广州

有人说今天的广州是让人实现梦想的地方，就像19世纪的巴黎，20世纪初的纽约，是无数青年和外来移民梦寐想去的城市。今天的广州，作为国家中心城，俨然成为一个比好莱坞更真实的“梦工厂”，在这里，人们聚精会神地锻造属于自己的筑梦故事。

为了梦想，早出晚归，意气风发地在城市里摸爬滚打，一分一厘地创造着、积攒着财富梦想……这是改革开放初期，大多数在这座城市追逐梦想的“奋斗青年”的状况。他们相信这座城市不会埋没每一个付出努力的人。

星移斗转，30多年过去了，多少默默无闻、一无所有的人抓住了改革开放前沿城市的机遇，实现了从丑小鸭到白天鹅的转变，也为他们的二代打下了一定的物质基础。而他们的孩子——城中村二代、外来工二代、知二代，对于生活有了更多的选择。

是在祖辈留下的土地上深耕梦想，还是远渡重洋求知创业？是回到故乡父母的怀抱，还是在城市里继续艰苦打拼？面对更多选择，“二代”们渴望比父辈走得更远，但选择的过程也难免迷茫。

“有梦想，有机会，有奋斗，一切美好的东西都能够创造出来。”习近平同志关于中国梦的话语，正是这个大都市一代们的写照。

城市的未来由人来决定。广州能否为这座城市出身于不同家庭的年轻一辈提供公平发展的机会，让他们在各自的天地中尽力施展，这将是城市发展后劲的决定性因素。

城中村二代
迷茫的青春不甘蹉跎

一身名牌的阿鹏无聊地开着宝马车行驶在广州沿江路，珠江沿岸火红的三角梅开得正艳。打了好几个电话约人吃饭，都说“中午忙着呐，哪有时间吃大餐”。阿鹏只好沮丧地回到了海珠湖后滘的家。

后滘曾经是广州海珠区的一个村，如今这个村只剩下被包围在一座座高档写字楼和高尚住宅区中的一条街道。一出街道便是车水马龙的广州大道，村子不远的海珠湖边是气派的汽车城和鞋业批发市场。在那条略显得脏乱的街道边，阿鹏家有两幢五层高的楼。一幢楼的临街铺面是阿鹏父母开的士多，阿鹏一家、父母、哥嫂、侄子住其中一幢的二、三层，其余的房子都租给了外地人。每个月都有上万元租金打到阿鹏的卡里。村里有许多与阿鹏一样每月卡里都会自动有一大笔钱的年轻人，这些钱不仅有房租，还有村里的分红，他们被称为村二代。

随着城市化进程，当广州成为城中村最多的城市时，农民也成为最令人羡慕的人，尤其是从小看着“天上掉馅饼”的村二代们。

在城市的变迁中，城中村第一代还存在着“耕作情结”，曾经的经历让他们深深懂得土里刨食得来不易，就像阿鹏勤劳惯了的父母有大把租金却依然辛苦经营着士多店。

80后的阿鹏虽然没有上大学，但高中毕业的他，看不起村子里无所事事的年轻人。阿鹏曾想干点“像样的事”。他和哥哥是目睹着父辈的辛勤劳作长大的，懂得生存有压力。小时候看着父母天没亮就到菜地摘菜运到市场去卖，晚上还得给种下的菜浇水，一年到头辛辛苦苦也挣不了多少钱。那时候，城中村的第一代们面朝黄土背朝天，克勤克俭，辛勤耕耘，所有的生活理想都寄存在一亩三分地里。

然而，他们没想到的是以另一种形式暴发了。村落消失，菜地被征，一座座高楼大厦在四周拔地而起。村子里的人不用辛苦干活了，钱却哗啦啦地就来了！

“有了钱，影响最大的还是村里的年轻人。”阿鹏说。财富突然降临，“城中村富二代”失去生活压力，一些人也失去了最不该失去的进取心。“刚从学校毕业时有人还想找点事做，比如去写字楼打工，但那点工资，只够吃一顿大餐，还要挨人骂，谁受得了？”

“村里的年轻人玩牌很疯狂，赌博有人输掉上百万，像我哥他们输掉十几万简直就是‘湿湿碎’。”为偿还巨额赌资，有些年轻人不得不偷偷变卖手中所持的集体股份或变卖祖业房产套现。阿鹏告诉记者，在城中村的街头就有不少“变身”财务公司、担保公司、典当行的高利贷者，他们的业务对象就是村二代。

“最可怕的是吸毒，有些村还有不少‘白粉仔’，金山银山都会空的。”阿鹏说。他目睹了这一切，决定干点正事。从小喜欢旅游，积累了一些经验和人脉，再说家里还有楼，前些年他一直打算开一个青年旅社。他知道很多年轻人旅游住不起宾馆，另外那些每年在广州找工作的大学生们也喜欢住便宜的青年旅社。

说干就干，记得在2011年，他用家里的二、三层楼开始创办青年旅社。他经常冒着高温一趟趟去采购家具，房子从设计到全部装修都是自己亲自盯着。

当年7月，旅社正式营运，阿鹏用微信促销方式，在旅社刚开业时就接到无数订房电话。“有时候接电话接到喉咙哑，但一开始就能这么顺利，我真的没有想到。”阿鹏说，到年底订房的订单已经排到了半个月以后，几乎每天都是满房，有些客人甚至愿意睡沙发。一年算下来，利润比房屋出租高得多。阿鹏有了成就感。

阿鹏正打算把整幢楼都做成青年旅社。没有想到工商局找上门来。“他们说政府有规定住宅不能开办旅店，如果要办门槛很高，还得打通各种关系，我又不缺钱，那么费劲干嘛，就关掉了。”

阿鹏现在还想不明白，房子出租也是给人住的，到旅社来住的人只不过是租住时间短一些，怎么就不让呢？

后来，阿鹏又和人合伙做网店，不久就收摊了。“竞争太激烈，利润少，辛苦一个月还不够喝茶的钱”。

没事做，阿鹏感到无聊，每天早上一睁眼，阿鹏就在想这一天我能做什么呢？他有时也不甘心就这么蹉跎岁月。“现在做什么都这么难，又不缺钱花，干嘛要自找苦吃？”心情不好就去花钱呗，记得青年旅社关掉后，有个月心情不好，一下子就花了20多万。

知二代
出去了，还会回来吗?

与城中村二代有着不同成长轨迹的“知二代”，从小受良好的教育，在这座城市打拼成为中产的精英父母为他们制订了明朗的人生规划，“知二代”渴望更灿烂的人生。然而与在这座城市实现了梦想的父辈们不同，他们的理想在大洋彼岸。

过完春节，Alex就返回加拿大上学了，每一次张婕真舍不得他走。机场送别她总是哭得稀里哗啦的，分别后漫长的时间只有通过Skype跟儿子交流。“独生子啊，真不想让他走那么远，为了孩子的前途，只得咬咬牙”。

张婕20世纪80年代末毕业于北京一所著名的大学，当时邓小平南方视察，“春风欲来满眼春”，那一年，崔健在怒吼着西北风的同时，也唱着：“有一个地方充满希望，那就是梦想中的南方。”于是她和那个时代的有志青年一样毫不犹豫地选择南下。

如今像她一样南下的青年大多实现了理想，而财富的积累，也让下一代有了出国看世界的条件。令她没有想到的是，现在她的孩子却坚定地认为自己的理想只能在大洋彼岸实现，就跟她当年抛弃北京选

▲留学机构火热招生。王辉 摄

择了广州一样。

Alex不到十八岁就出国留学，之前孩子从来就没有独立生活过，刚出去时吃不惯西餐，哭着说特别想妈妈做的很辣很辣的菜，张婕就在网上告诉他怎样做。后来生活习惯了，他就兴高采烈地告诉父母国外的大学有多好，那里的环境让他特别喜欢。Alex还说，他毕业后不打算回来了，因为回来还得靠父母花钱找关系，在美国、加拿大找工作不是靠关系，而是看你学得怎样。儿子的想法让张婕感到失落和心疼。

这一次Alex又告诉张婕，他的好朋友小胖也要去美国念书了，他放弃在中大念了两年的生命科学专业。小胖是Alex在广东省实验中学“中瑞合作生物项目”组的伙伴，那时他俩对生物感兴趣，还去美国参加过国际比赛。Alex凭获奖的项目被加拿大著名的麦吉尔大学生命科学系全额奖学金录取。然而上大学后，他俩却发现“生命科学没那么有意思”，Alex在大二时就立即转到了他喜欢的数学与计算机专业。

当Alex告诉张婕要转专业时，张婕马上的反应是，“四年的奖学金泡汤了”。然而，让张婕没有想到的是，Alex不仅转系了，而且奖学金一点没受影响。后来张婕才了解到，在欧美大学，大一都是通识教育，也就是说第一年学的都是基础课，如果一旦发现自己更有兴趣的专业，大二时可以重新选择。“只要你大一学科都是全优，奖学金就没有影响。”Alex说，张婕松了一口气。

然而小胖转专业却没有那么顺利，从大一开始申请，到大二快念完了还没有申请下来。小胖的父母都是华南理工大学教授，他们甚至动用了自己在中大的同学关系。无奈小胖申请了美国密西根大学，很快他就被计算机专业录取了。当年小胖的父母也是舍不得独生子远渡重洋，但没想到浪费了两年时光。

Alex、小胖转专业起因还得从好友王灿说起，王灿也是“知二代”，他的父母在20世纪90年代初来到广东能源研究所。王灿从省实毕业后被加州大学伯克利计算机系录取，他上大二时，到硅谷公司实习，渐渐有了创业的想法。“王灿总讲硅谷的事，我们都好激动，觉得IT创业很有前途。”Alex说。在王灿的影响下，Alex不仅转了专业，还在大三时开始帮教授的IT公司做项目。

他们三个伙伴约定，要像中国合伙人一样，以后去美国硅谷创业。以前张婕认为，孩子出去留学是为长见识回国后更有竞争力，可没打算让他“肉包子打狗”。她专门找了王灿的妈妈，然而王灿的父母却坚定地支持孩子将来留在美国。

王灿妈妈说，现在大学生就业多难啊，海归都成了“海待”。“你以为广州还有我们当年那么多的机遇了吗？”

确实，张婕周围的同事、朋友纷纷把孩子送到了国外，他们对国内的教育不满意。相对国内“严进宽出”的教育模式，他们更渴望孩子接受“严进严出”的国外高等教育，不愿在国内大学“混文凭”，毕业之后也更希望孩子能在国外有更好的前途和机会。

前些日子，张婕去一家培训机构报名学外语，竟然发现许多是像她一样，孩子在国外不想回来的大妈们。“没有办法，孩子在哪家就在哪，不想将来成空巢老人。”一对来学外语的夫妻说。也许对于“知一代”来说，这么大年纪还要重拾外语，困难不小，然而能让“二代”们施展抱负，他们愿意再次付出。

外来工二代
渴望成为真正的广州人

有人说，如今在广州，也许只有外来工二代把在这个城市扎根当成自己的奋斗目标，因为“城中村二代”已把享受这座城市的红利当成理所当然。而立志成为“国际人”的“知二代”们又感到自己与这座城市有了距离。而由于户口等因素，大多数外来工二代却苦苦徘徊在城市的边缘。

李梅今年已经25岁了，虽然在广州生活了20年，能说一口流利粤语的她在广州一家旅行社做导游，却仍然不是广州人，这让她觉得不公平。

大约五岁那年，她和姐姐随父母一道离开江西老家到广州石牌打工，“我从小就喜欢读书，成绩也很好，但因为没有户口，读的都是农民工子弟学校”。

17岁高中毕业的时候，因为高考要回老家，还有两个在读书的弟弟需要钱，李梅只得辍学，她进了广州白云区的一家小型玩具厂。工

▲来穗的务工人员。李细华 摄

资很低，一个小时两三块钱的收入。干了几个月之后，她辞工进了姐姐所在的公司。公司在萝岗区，生产各种微型麦克风。

那时，李梅每个月的薪水是2200元，不包吃住。她和姐姐在工厂附近的村子租了一个单间。这个村聚集了众多的打工者，拥挤的“握手楼”上贴满了牛皮癣一样的小广告，嘈杂而混乱。租这个单间每个月花掉她们700多块。

李梅每天工作12个小时，戴着防护帽，穿着防护衣。如今虽然早就不做这个工作了，但说起自己的工作程序像背顺口溜一样熟悉：看显微镜、剪连接环、装组合件。看显微镜是看产品有无毛刺、划伤，有没有压平或者掉板，如果有问题要挑出来放在一个盒子里。这样的工作，李梅每天重复做几千遍。

不上班的时候她喜欢呆在宿舍看书上网，不像姐姐那样很愿意出去与人交往，她觉得交往的圈子局限于同事或者老乡，无非是在一起打打羽毛球、跑跑步，或者躺在附近香雪公园的草地上晒晒太阳。“活动范围很少超过村周边的几条街道，一个简易的溜冰场是娱乐场所。时间久了就无聊。”李梅更愿意上网与网友交流打发时光。

“如果交往的范围就是那些工友，跟我的父母过去的生活没有两样，我常问自己这一辈子还要像父母那样过吗？”李梅说。

对李梅的父母来说，出来打工就是为了挣钱，以后还是要回去的。老家空气清新，住得舒服，她家盖了一栋两层小楼。最重要的是在老家不受气，不会被瞧不起。她小时候记得父母一烦起来就说“回家！回家！”，后来等她们长大了，父母果然回家乡安度晚年了。

李梅的老家是江西临川清江镇一个小村子，她只回去过几次。老家夏天很热，冬天很冷，没有自来水，让她最不习惯的是用水要去河里担。有一次李梅想冲凉，又嫌担回来的水不干净，有泥腥味儿。最近的一次是匆忙回去办二代身份证，李梅在那里没有任何朋友，除了外婆和三姨，她一个人都不认识。

她偶尔也会想念家乡的风物，但觉得那里非常陌生，她期待能融入这个城市，在这里扎下根来生活，不过实现这个愿望也似乎困难重重，首先需要稳定的工作和较高的收入，而且还要有户口。

李梅一心想做广州白领，一位做导游的网友终于让李梅看到了希望。那导游抱怨工作不好做，收入少，大学生都不愿意做。当他告诉李梅高中毕业只要能通过考试也可以做导游时，李梅高兴得跳了起来。在她看来，做导游就离做广州人不远了。后来她的休息时间几乎都花在考导游证上了。

李梅从小学习就不错，第二年她就考取了导游证。“做导游带团，走了许多地方，也接触了不少的人，我更坚定了一定要在广州待下来”。

现实总是骨感的，由于是聘用导游，她的底薪很少。“旅游竞争激烈，利润微薄，我们的提成也不多，每个月还要租房，对买房更是想都不敢想。”李梅说。但她也不像父母那样在大城市待不下去可以回到故乡，她只把希望寄托在找一个在广州有好工作的老公上，但又总是非常的沮丧。“当人家知道我没有广州户口就再不联系了”。

撰文/刘茜

访谈：政府要为“二代”搭建更好的舞台

广州大学广州发展研究院副院长、教授　谢建社
中山大学地球与环境研究中心主任　周永章

谢建社

梦想的舞台在大洋彼岸，有了钱，创业门槛依然高不可攀，苦苦奋斗依然找不到归宿……在曾经创造过无数奇迹的广州，为何有不少“二代”有这种感觉？在广州大学广州发展研究院副院长谢建社教授看来，这是因为“二代”们成长的环境比父辈们好，要求也更高，政府应该为他们搭建更好的舞台。

“城中村二代”是最易被忽视的群体

南方日报： 在广州经济飞速发展，加速城市化的进程中，出现了“城中村二代”这一群体。对于这一群体，您觉得他们有何特性？又该如何引导？

谢建社： “富二代”的问题已经得到政府重视，很多官员认为“城中村二代”有一定的财富，生活优渥就不会影响社会稳定，没有足够的重视。

“城中村二代”不像“知二代”那样从小受到良好的教育，有明确的人生目标，当大把财富突然掉在了面前就有些把握不住。他们不是不去想明天在哪里，而是想家有万贯资产，自己怎么还用去打一份2000元的工？即使一些有点抱负的“城中村二代”在遇到挫折后，也

会放纵自己。如今“城中村二代”赌博、吸毒早也不是新闻，他们是容易被忽视又容易出问题的群体。

我认为，虽然“城中村二代”们现在还有不斐的家底，但如果没有正确的世界观，总有一天会坐吃山空，这样就会形成严重的社会问题。

如何帮“城中村二代”重新找到自己的位置，规划自己的人生，政府要有超前的意识。其中最为关键的就是就业问题。因为他们的文化水平不够，又无一技之长，许多年轻的“城中村居民”即使有想法也求职无门。他们有资金，如果有创业的欲望，政府应该宣传政策，帮助他们实现理想。

“知一代”拼不起“爹”，只有拼“孩子”

南方日报：您在20世纪80年代末留学热时选择了到加拿大攻读硕士学位。作为资深的留学归国人士，您如何看待“知二代”的出国热？

周永章

周永章：20世纪80年代末的留学热，是因为我们必须出去留学，因为中国与世界的距离太大了，但现在中国无论是物质条件还是教育、科技水平都有了极大的提高，尤其是有了互联网，世界都成了地球村，我们不需要出去就可以学到很先进的东西。没有想到现在的留学热居然热过了20世纪80年代末且趋于狂热，尤其是学业优秀的“知二代”把异国他乡作为实现理想的地方，这就发人深省了。

南方日报：据了解，20世纪80年代末出国留学的学生回国后大多都成了国内高校的学术带头人或各界精英。您学成回国后也在环保领域大展宏图，不仅成为中大环境科学的学术带头人，而且还是广东省政府最得力的几名环保高参之一。您觉得部分留学生不愿回国的原因是什么？

周永章：在中山大学，各学科的学术带头人受过西方高等教育的高达80%。据中国科学院与中国工程院“新科院士”名单统计显示，新当选院士中，留学回国的占近90%。他们都把报效祖国当成自己的责任。

我认为，在我们的高等教育追赶先进国家尚需时日的情形下，假如出国留学的人能更多地回来，岂不是利用人家优质的高等教育资源为我们培养人才了吗？遗憾的是，目前好多优秀的留学生出国后就不回国了，个中原因多多，比如即使是一流人才回到国内，也难以将主要精力放到学术研究上，而要放到跑项目、疏通关系上。优秀人才滞留国外，减少了我们的人才数量，拉大了我们与国外创新能力的差距。

谢建社：我认为，“知二代”出现的出国热现象值得关注。为什么有一些“知二代”不愿意回国发展？现在要进好单位，要有编制要关系，“知一代”拼不起“爹”，只有拼“孩子”。

要让更多农民变成市民

南方日报：源源不断背井离乡到城市务工的农民工，有些难以融入城市，又回不到荒弃的农村。农民工进城的潮流涌动了近30年，像李梅这样的第一批进城打工者的孩子如今已长大成年，成为务工人群中的新鲜血液。您觉得如何才能改善“外来工二代”的境遇？

谢建社：我认为，要改善农民工的境遇，中国需要改革两个制度，一个是打破城乡二元体制的户籍制度，另一个就是给予农民充足的财产处置权，让他们可以拥有自己的土地，可以自由出租或者出售，这个收入能帮助他们降低在城市的生活成本。

我认为，让农民变成市民，这是城市化进程中的正常现象。在发达国家，农村人口只占总人口的10%左右，在中国，依然有超过50%的人口居住在乡下。我建议作为改革开放前沿的广州，对那些优秀的、有进取心的农民工应该放宽条件，让更多的“农二代”看到希望。

数据

留学归国人员 （据中国留学服务中心广州分中心数据）

广州留学生人数占全国留学生比例

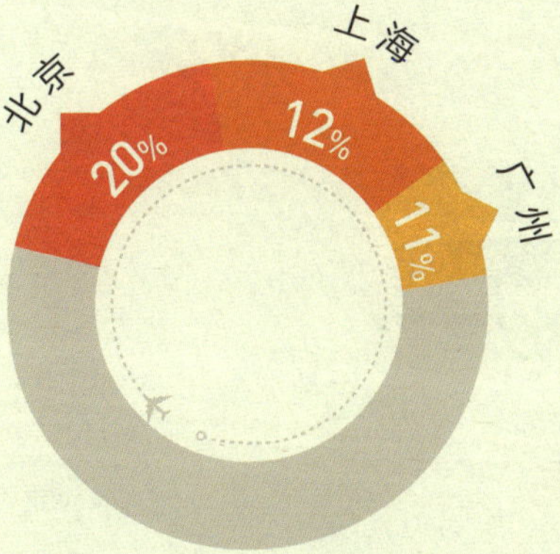

近几年广州留学市场取得迅猛发展，每年留学人数以广州增长最快，去年已达 **3** 万多人。
2009至2012年底来广州新增登记留学回国人员共计 **3872** 人。
留学目的地的前五位为别为：英、美、澳、港澳台地区、法。然后是日、加。

登记留学回国人员

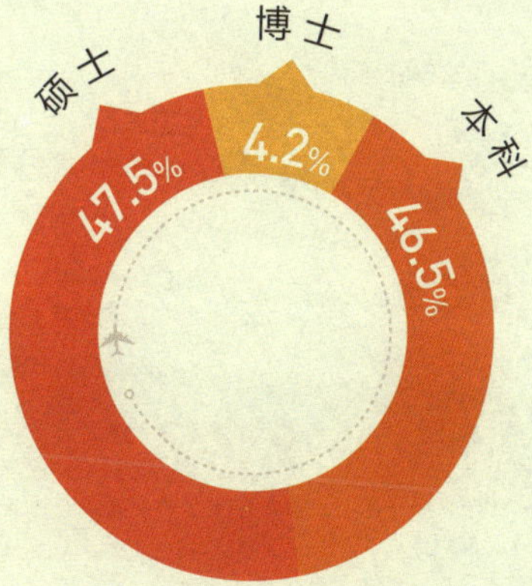

据《2014年中国学生留学意向调查》数据显示，**57.5%**的意向留学学生打算攻读硕士学位。
希望出国读本科的高中生将增加约**6%**，达**30.5%**；而希望出国读高中的初中生将近**6%**。

外来人口构成（第六次全国人口普查数据，单位：人）

常住广州外来人口476万　　来自省外300万

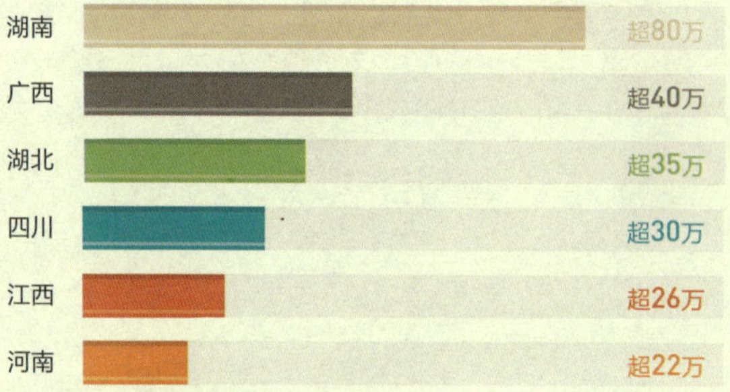

农民工子女入学

“十一五”时期，为农民工子女提供了
50.12万个义务教育学位

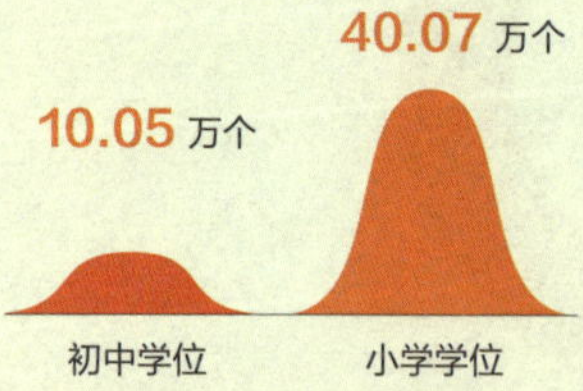

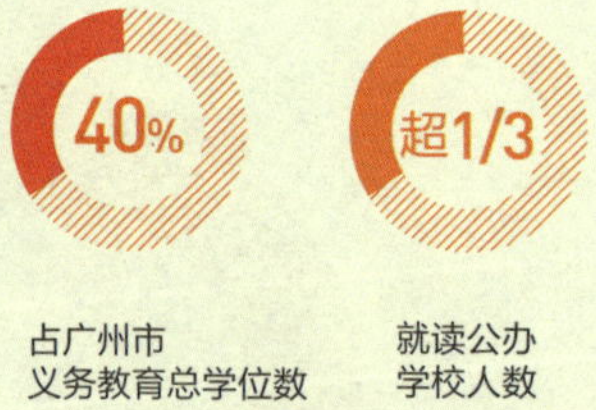

财政投入：469.3万元

补助农民工子女：2.46万名（2010年）

第四部分

事

第一章　上班：堵车又堵心　一路“伤不起”

每天，广州这座城市是在车声中醒来的。道路清扫车悠悠驶过道路，揭开了这座城市淡蓝色的清晨序幕。然后，各种小汽车、火车、公交车汇入交通干道，繁忙而充实的一天由此开始。

早上8点，小白领陆敏在拥挤的公交车上焦急地等待着红灯过去，报社员工刘薇为了“抢车位”一早就把车开到单位，SOHO一族刘萍刚刚打开她的网店网页……在漫漫拥堵路上，各人做出了不同的选择。但他们都有一个共同的心愿：什么时候，广州的交通能不再拥堵。

有一句歌词真实地描述了广州人的生活状态：每天的交通烦扰着所有的梦。在现代都市，交通堵塞已成为人们普遍的心病。随着广州城市扩大，交通堵塞不仅让广州人上下班如同陷入了一场“战斗”，而且加剧了环境污染，损害人们的健康，并直接影响到城市经济发展。据有关部门统计，广州人为交通堵塞付出的代价是高达每年1.5亿小时和117亿元的生产总值损失(相当于生产总值的7%)，投资环境的损失更是无法估量。

应对拥堵，广州市提出“公交优先”战略。目标至2017年，城市建成区公共交通占机动化出行比例达70%以上。全市地铁总里程超过500公里；全市公交线路超过1200条，公共交通500米站点覆盖率达96%以上，公交专用道达400公里以上，早晚高峰公共汽电车平均运营时速达18公里／小时以上。

到了那一天，广州交通是不是会好？我们拭目以待。

周而复始的“战斗”拥堵的上下班路段

2013年末，对于居住在广州天河区与萝岗交界处柯木朗的卢璐来说，并不是一个好的结尾。新年快到了，无论是广州交通网站上，还是社区的BBS上，最热门的话题是因为修6号地铁而导致的公交改线。在天河北上班的白领们正在为此焦虑不安。“坏消息！修建6号地铁39路车要改道！以后怎么办？”网友们议论纷纷，“每天下班总站估计没有落脚可站的地方了，很不爽啊！”

提起39路公共汽车，卢璐爱恨交加，每天她都要坐39路车到天河北的CBD上班。“那可真挤啊！有一次挤得我气都喘不过来，但能上车就不错了”。每当她挤上了车望着车下黑压压的人，竟有一种胜利者的狂喜。

每天上班高峰期，天河地区从东往西的公交车全挤满了人。除非你从开始的两站就上车，中途小站根本别想挤上去，幸好卢璐上车是在第二站。为了赶上车，很多时候她6点多就到站，但经常要等两三辆车她才能挤上车。因此每天上下班对她来说，无疑是经历一次次周而复始的痛苦“战斗”。

因为修地铁，听说39路车要改道，卢璐很着急。“这趟车虽然挤，但上班还算方便，要是改道了，还不知道要怎样折腾”。她没有想到还有如此多的人与她一样对39路车有如此“深厚的感情”。“每天挤不上车，听到的都是抱怨的声音，但真的改道了才知道离不开它”。最后，在一片反对声中，39路车终于没有改道，卢璐总算松了一口气。

有人说，天河北CBD是广州最大的“人力码头”。每天早晨，从四面八方驶向CBD的城铁3号线和数十条公交线路装满沙丁鱼般的乘客，而通往天河北主要交通干道上各种档次的私家车、班车则摩肩接踵，争先恐后地把数十万人卸载到城市的中心地带，而此时从城里驶向郊区的车辆上空空如也。傍晚的状况则恰好相反。因此这里的交通在上下班时可以说是最让人闹心的事。

▲上下班高峰期，出行车辆往往排起长龙

小白领陆敏也在天河北上班，每天像挤罐头一样争前恐后地把自己塞进那空间有限、人数无限的交通工具里，唯恐晚一分钟上班就没了全勤的日子，这让他对拥有一辆私家车非常渴望。他曾经想，砸锅卖铁也要买车，但想想每月还要还的5000元房贷，咬咬牙决定还是坐公交吧。

其实，小陆买的二手房离天河北并不远，原本40分钟能到的路程，由于塞车，天天早上得花1小时20分钟。“今天更是破纪录，花了1个半小时，迟到了10分钟，被扣了50元。一车人估计被扣钱不下千元吧！”陆敏对记者说。

说起上班坐公交，更让他郁闷的是，由于人太多太挤，公车停站的时间差不多和开动的时间一样长，每当进站的时候，都得磨蹭几分钟，排队进站，慢得让人着急。另外，他觉得红绿灯设置太多，而且设置不合理，一站地之间居然要等4个信号灯。“我晕，再加上在信号灯之间还要停站，这车根本就开不起来，还说什么要把公交打造成出行的首选交通方式，什么时候才能实现呢？”

东山口也是一大“堵”点。在东山口一家大型美容院上班的黄小姐住在东圃，到东山口唯一的路线就是227路，可是这趟车从早上7点半开始到10点钟基本别想挤上去。“我也试过走到黄埔大道或者华景路口去坐公交车，同样挤不上去。我现在的出行方式是反向坐公交车到琶洲，然后上地铁2号线，再到公园前转1号线。搞笑吧？”

交通的漫长拥堵日复一日地消耗着上下班的人们。上班不易，下班更难，6点开始，各大车站总是挤满了归心似箭的人们。尽管越来越多的人购买了私家车，但是对于大多数人来说，公交和地铁还是生命线，特别是地铁3号线。上下班高峰期，3号线的拥挤程度不亚于公交，作为媒体工作者的刘薇也曾有好几次挤不上车的经历，看见挤得变形的脸孔紧贴在车门上，心想，幸好有了私家车。

停车费上涨撑破中产“城郊梦”

城郊，曾经低廉的房价是那些挤车上班的年轻人购房的硬杠杆。上下班挤车的痛苦，对于大多数人来说，这里仅是次优选择。而十年前，到郊区居住的美国式中产阶级生活作派在广州兴起。在美国，城郊意味着红砖迷宫和精修的草坪，那里是美国中产阶级工作之余的理想安居地。《时代》杂志曾刊登了一篇关于市郊已婚妇女的特稿，说她们“城郊生活很痛快……根本不相信自己会有什么不愉快的理由”。于是广州的中产们就想，有了车一切就迎刃而解。然而有了私家车的广州的中产们生活得并不愉快。

原来住天河北的刘薇上下班并不远，但一次偶然的机会她和老公对广州城郊凤凰山上的某山庄“一见钟情”。该山庄离城区不远，山上树木茂盛、繁花如云，绿草如茵，小鸟啾啾。复式房加顶层大露台，落地窗外就是一片山林，坡顶雅致的小高层就掩映在花木丛中，犹如“世外桃源”。

刘薇住这里最深刻的感受是放松。一上了山，就自然地完成了城市与郊区、工作与生活的双重切换。“这个转换非常重要。在城里心情总是乱乱的。”刘薇将这种生活方式形容为与城市保留一种若即若离的距离，一有空她就打理露台上的花花草草。“一分钟切换繁华与宁静，住在城市又远离‘尘市’，这才是真正理想的生活”。

然而很快她的烦恼就来了。高昂的交通成本，始终是城郊人的心病。而更大的成本就是时间。刘薇买房后，最幸福的就是装修房子的时候。每天早上，她从天河北的房屋往自己的新家赶，正好跟到天河上班的人流相反，“当时舒服啊，公共汽车都没人。”然而等她搬来住时才知道上下班的痛苦。

“广汕路还好，一转到与广州大道交接的禺东路就塞得不得了，到报社本来只有30分钟的路，但上下班常要一个小时，最长的一次，开车单程就花了一个半小时。”

后来，刘薇总算是找到一条不太堵的路，上华南高速到黄埔大道，但是早班高峰无论如何都绕不过去。本来黄埔大道没有那么塞车，但从石牌、员村山顶、华南快速的三方来车挤在一起，拥挤在华侨医院门口。

有人说，选择了买车和开车，就等于生命中相当一部分的时间和金钱都要投入到这辆汽车中去。8年来，停车一直是刘薇最大的心病。记得刚买车时，单位的私家车还不多，8点钟上班，单位里还可以轻松停车。这样的好日子仅不到半年，很快买私家车的人多了，要7点赶去才有车位，然而住在城郊，就得6点上路。“为了一个车位，5点多就起床，想起第二天停车晚上就睡不着，落了个神经衰弱的毛病。”

于是刘薇就花钱在附近停车，一开始每小时4元，后来涨到5、6元，现在基本是8元。“一个月算下来，仅上班停车大约就得花1400多元，加上小区月保及各种费用，3000元是打不住的”。

然而，最近广州市的车主又要面临停车费上涨。不久前，城市生活研究院联同大粤网推出了网络调查，了解广州车主用车的费用现状和心声。调查吸引了367名车主参与，本次调查询问了受访者每月在商业地段的停车开销，有30.14%的受访者称自己公司的停车费用高达5元/半小时，这部分受访者占了30.14%，他们一天的停车费用就要80元，每月22天上班时间的停车总费用就高达1760元。另外还有16.62%的受访者表示停车费用在3元/半小时，有13.24%的人表示停车费用在4元/半小时。

广州停车费到底有多贵？如果按照此前公布的听证方案一实施，一类商业停车场白天收费由5元/半小时调整至4元/15分钟，停一天最贵128元。一类住宅停车场室内由2.5元/小时提高至1.5元/15分钟，露天由1元/小时提高至1元/15分钟。那么，往返在一类写字楼和住宅的上班族每月停车费估算或高达4000元，年停车费超过4.8万元，停一年车一辆QQ就没了。按照车辆使用年限10年来保守计算，在车辆报废前，停车费够买一辆宝马3！

刘薇感叹说：“哎，停车费一涨，给车打工都不够，这班到底还上不上呢？”

在家上班告别了拥堵，心却“堵”

其实当刘薇还在考虑上班值不值的问题时，她的妹妹和两个同事也因为上下班的问题而辞职了。

以前妹妹刘萍在天河一家网络公司，对网上交易也颇在行。天天上下班的痛苦，3年前她就辞职在家开了一家网店。

刚开始，刘萍欢乐地在网上对朋友们宣称：我在网络上了解世界各地发生的事情，通过网络购物、联络亲人、交结朋友……“在家上班”，顾名思义是在家里办公。在家里办公，最大的好处是可以足不出户，不仅免受交通拥挤之苦，还可以兼顾家庭事务。通过网络来办公，也愈来愈方便，因此，“在家上班”的人也将越来越多。

第一年，刘萍的网店生意还不错，但第二年开网店的人就很多了，竞争激烈。“经济环境不好，通货膨胀，那些大型的超市也上网了，大家网上购物也喜欢大店家，生意越来越难做”。

对于上班，更多的人开始像刘萍这么想，越来越多害怕上班的汹涌人流加入在家上班的大军，而辞职开网店更是大多数人的选择。

据了解，就在2012年，广州网店数量首度超过市场主体。据广州市消委会《网购消费调查报告》显示，截至2011年12月，广州个人网店数量达93万家，同比增长37%。按增长率速度计算，2012年，广州个人网店的数量已超过120万家。而据广州市工商局2013年2月份的最新统计资料显示，广州市场主体（包括内资企业、私营企业、个体工商户、农民专业合作社、外资企业及其分支机构）总数为1005403户，刚刚突破百万户大关。这意味着，就在2012年，广州个人网店数量就已经超过所有市场主体，线上线下正式步入分庭抗礼的时代。

广东省电子商务协会秘书长黄伟群却指出，“虽然个人网店为许多人提供就业机会并且在经营过程中积累电子商务方面的经验。但分流了大量电商人才，不利于广州电商企业做大做强。大量的网店也不利于物流的集中配送，会造成以后交通更堵。”

然而上班的烦恼却让越来越多的熟悉电子商务的白领们宁愿选择在家开网店。“要解决发展电子商务的人才问题，也必须解决‘白领’们的上班问题”，黄伟群这么认为。

出行N种堵

坐公交1

讲述者：卢璐——每天要坐39路车到天河北的CBD上班

“那可真挤啊！有一次挤得我气都喘不过来，但能上车都不错了。每当我挤上了车望着车下黑压压的人，竟然有一种胜利者的狂喜。”

坐公交2

讲述者：黄小姐——从东圃每天坐227路到东山口

“这趟车从早上7点半开始到10点钟基本别想挤上去。我也试过走到黄埔大道或者华景路口去坐公交车，同样挤不上去。我现在的出行方式是反向坐公交车到琶洲，然后上地铁2号线，再到公园前转1号线。搞笑吧？”

坐地铁

讲述者：陆敏——每天坐地铁上下班

“上班不易，下班更难，6点开始，地铁站总是挤满了归心似箭的人们。在高峰期，3号线的拥挤程度不亚于公交，有好几次挤不上车。看见那挤得变形的脸孔紧贴在车门上，曾经想砸锅卖铁也要买车。”

开车族

讲述者：刘薇——工作在市中心城区，家在城郊凤凰山

“上下班常要一个小时，最长的一次，因为堵，开车单程就花了一个半小时。

“为了一个车位5点多就起床，想起第二天停车晚上就睡不着，落了个神经衰弱的毛病。

“一个月算下来，仅上班停车大约就得花1400多元，加上小区月保及各种费用，3000元是打不住的。”

撰文 / 刘茜　王欢

访谈：扩散中心城区功能是根本　多元交通组合最关键

暨南大学经济管理学院副院长、教授　胡刚

胡刚

南方日报： 广州成"堵城"，上班不易，很多人认为是规划出了问题，您是否这样看？

胡刚： 我不这样认为。广州的规划不仅做得很好，而且是超前的，极具创新意义的。早在2000年，中国城市规划院就为广州做了一个超前的规划，提出广州不能够大面积向四周发展，而是要跨市区发展，即跳过番禺，发展广州新城区。这样跨区域的发展，可以避免单一大面积的扩展，实现一定程度的分散，避免以市中心为焦点，向市中心集中的现象。这些规划是在2000年提出的，当时在全国来说是超前的，也是极具创新意义的。

南方日报： 您认为广州交通拥堵的主要原因是什么？

胡刚： 如今广州出现了交通拥堵的问题，不是因为规划做得不好，而是因为规划并没有得到落实，相关政府部门没有按照规划去落实，在实施过程中没有协调好，才会出现严重的交通拥堵问题。目前，广州还是在往中心城区发展，中心城区功能重叠，行政中心、医疗中心、文化教育中心等等，城市的多种功能全部集中在中心城区，那中心城区自然拥堵的现象会非常严重。扩散中心城区功能是根本，大容量、多元的交通组合最关键。

南方日报： 您认为加大停车收费是否能够有效解决广州交通拥堵的问题？

胡刚：停车费贵了，人们开车的支出多了，代价高了，可能在一定程度上会驱使他们选择坐地铁出行。但是加大停车收费作用不大，只能减少一部分人开车出行。如果所有的中心都是集中在中心城区，拥堵的问题就不可能得到根本解决。所以，停车收费可能会在一定程度上缓解交通拥堵的问题，但不能根本解决问题。

南方日报：那要根本解决广州拥堵的问题，应该具体怎么做呢？

胡刚：要解决广州交通拥堵的问题，最根本就是要实现中心城区的功能向外扩展。具体来说，有以下几点：

第一，要充分将中心城区的功能向外扩展。比如教育文化功能，如果能把教育功能往外扩散，把好学校往外迁，那可以减少学生上学放学人流集中的问题。如果将行政中心往外扩散，那来中心城区开会的人也会减少。总而言之，目前中心城区的多种功能过于集中和重叠，才会造成所有人都不得不往中心城区挤的现象。

第二，大力发展大容量的轨道交通，建设市域快线，实现轨道交通多元发展，在老城区、新城区采取不同的交通组合。

广州目前有1000多万人口，占地面积7400多平方公里，但交通人口全部都集中在1000多平方公里，密度太大，要实现城市功能的扩散，没有交通是不行的。最近大家都在提市域快线，这是最新的一种大容量交通。前几天，北京相关的专家才刚刚突破了技术难关。地铁是80公里／小时，而市域快线达到160公里／小时，速度是地铁的2倍。如果目的地在50公里范围内，那乘坐地铁出行是方便的选择，但是如果目的地大于50公里，那搭乘地铁就需要很长的时间。而市域快线恰好可以解决时间和距离的问题。如果发展了市域快线，那以后去南沙、花都、机场南等等就会很方便，时间会缩短一半，交通快捷方便了，这对交通拥堵问题的环节也是很有效果的，目前很多城市也开始做建设市域快线的相关规划了。

除了市域快线，除了单一的地铁，还要大力发展多种轨道交通。地下发展地铁，地面发展轨道交通，不同的交通工具具有不同的特点，市域快线速度快，但造价也高，而有轨电车、BRT造价低，也能形成互补，多元化来解决交通问题。

当然，大容量的公共交通是不可能到家门口的，所以我们需要布线，需要发展不同的交通组合。在老城区，我们可以发展自行车，自行车出行是应该恢复的，占地面积小，无污染，还可以健身。从家门口骑车到车站，然后坐地铁、有轨电车或BRT外出，这样子就非常方便。在地铁和车站就需要配套相应的自行车停车场，这个是非常必要的，要逐步建立这个体系。至于在城市外围的郊区，我们提倡私家车加轨道交通，在郊区的地铁周边也要配套私家车停车场，让人们不用开车进城。总之，要平衡好自行车、私家车，实现和地铁的接轨，让地铁承载长距离的运转。

第三，以后城市的建设要以公共交通为导向。地铁开过去，城市的商业区、住宅区要多围绕公共交通（地铁、轨道交通等）的站点进行建设，让人们下楼走500米到800米就可以到车站。交通快捷方便，价格也不贵，那人们自然就会减少私家车的使用了。

数据

上班

公共交通日均客运量（单位：万人次）

2013年12月	1528
2014年2月	1345
2014年4月	1579

城市道路工作日平均速度（单位：公里/小时）

2013年12月	31
2014年2月	33
2014年4月	32

重点收费站出入口汽车通行情况（单位：万次）

2013年12月	1377
2014年2月	934
2014年4月	1200

常规公交日均客运量

2013年12月	736
2014年2月	624
2014年4月	731

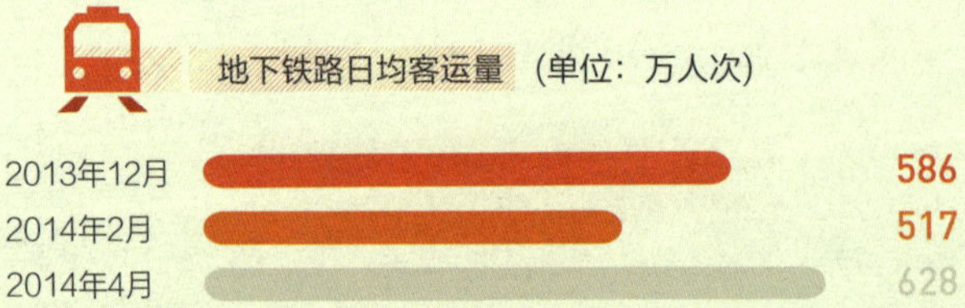
地下铁路日均客运量（单位：万人次）
2013年12月
2014年2月
2014年4月
586
517
628

出租车日均客运量（单位：万人次）
2013年12月
2014年2月
2014年4月
207
204
220

公共交通分担率

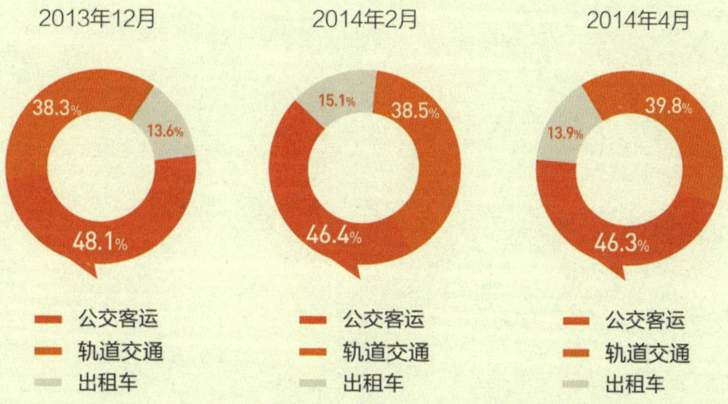

机动车保有量

单位：万量

第二章　　买房：纠结复忐忑　只为安乐窝

IFC
南方山庄
A
C
B
E

2013年，“房”字当选为年度汉字；在马年春节的网络调查中，“你买房了没”超过婚恋话题，位列春节走亲访友最“恐怖”话题榜首……很显然，“买房”在中国已不再被圈定在经济领域，随着房价的连年飙升，它早已是最热门的社会话题。

每一天，新老广州人都在进行大迁徙：上班高峰期，他们乘坐公交、地铁、BRT等交通工具，从房价、租金更低的番禺、金沙洲、萝岗、增城等区域，汇集到CBD；夜幕初降，他们将沿原路返回，重复清早的“迁徙”过程。因为学位，羊城的家长们也在进行“迁徙”，从郊区的花园洋房搬出来，举家挤进逼仄的学位房。城市公共资源分配不均、区域功能定位单一等诸多“老大难”问题，让这样的“世界性”难题看起来似乎无解。

如何搭上“楼市”这趟高速列车？在房价数据面前，购房者的焦灼和急切显而易见：年轻人踮起脚尖“啃老”，高校学生还未毕业已成业主，家长们削尖脑袋购买学位房……这或许源于一句可怕而又屡屡被证实的“预言”：今年不买房，一年又白忙。

不过，最近的市场变化让想努力“上车”的“楼民”们看到一丝曙光：番禺、黄埔、荔湾、增城等多个偏外围区域出现新盘降价，幅度颇为可观。在番禺、萝岗甚至出现“9字头”的价位。要不要出手？这是一个新问题。

刚毕业就买房
她从“城市style”切换到“农村style”

2011年，夏。在这栀子花开的季节，同窗好友们已陆陆续续搬离学校宿舍，拿着各家公司的offer准备在毕业典礼后开始新的征程。而安庆（化名）却在准备实施一项更大的计划——买房。

这并不是她一时冲动，而是筹谋许久的计划。早在一年前，安庆的父母就开始每个月往女儿的银行账户存1万元钱，为女儿买房做第一步铺垫——“做”银行流水。因为申请房贷需要出示工资流水，但刚毕业的安庆显然不可能提供这一真实资料，要买房“做”工资流水就是必要手段。

“刚毕业就买房，你是不是觉得我的动作太快，想法太疯狂？但我后悔的是，没有一进大学校园就买房。我在广州读了6年书，眼看着房价从几千元一平方米涨到几万元一平方米，这种买房的紧迫感每年都在增加。对我而言，6年前买房要啃老，6年后毕业了买房还是得啃老。早知道的话，为什么不在6年前就啃老？这样父母和我两方面的压力都要小很多。”

但彼时广州房价已经在第二轮疯涨的阶段，买房早已不是易事。6月的广州，火辣辣的太阳真不是“盖”的。烈日下的安庆带着远道而来的父母辗转看房，从天河、越秀，到白云、黄埔，最后到番禺。

安庆告诉记者，这次来广州看房，让湖南老家的父母开了眼界。“我们最开始在越秀、天河区就近看房，我父母完全不能理解：一套在楼梯楼顶楼的两房，为什么能卖到200万元？这太不可思议了！他们会觉得，倾尽家财在广州买的房子不过如此，心理上的门槛过不了。而我也深深认同这一点。”最终结果是，安庆和家人果断决定面对现实，彻底远离这两个区域，买房区域向周边扩散。

“年轻人嘛，一定是想住在城市中心区，享受最便捷的交通和商业配套服务。我曾经认为，小区周边一定要有24小时便利店，房子一定要近地铁，方便出行。宁可房子小一点、旧一点，只要能在中心区就可以。但现实真的很骨感，即便你愿意降低要求，真要到买房的时候还得一降再降突破你的底线。So，最后我们选择了番禺。”排除高房价的天河、越秀，居住氛围不佳的黄埔以及看起来有点乱的白云区，安庆开始密集地在番禺看房。

136万元，番禺，一个距离地铁20分钟路程，花园不大的新建商品房小区，安庆落定买房了。这是性价比决策后的最佳选择。父母掏了40多万元首付，安庆和男朋友两人自己承担月供，这是目前最“流行”的啃老买房方式。但每个月6000元的月供，也让安庆着实喘不过气来。“房子在2012年初才交楼，月供加上房租每个月要掏8000元。你可以想象，刚毕业的我们背上了多么沉重的负担。那段时间我们俩省吃俭用，每个月工资花到一分不剩。买这套在大家看来已经是郊区的房子，是当时我们能力的极限。”

尽管一毕业就成为房奴，安庆仍然对当初的决定备感庆幸。在父母的坚持之下，安庆买的这套准婚房是90多平方米的小三房，麻雀虽小五脏俱全，这让安庆至少在5年内不需要考虑换房。当初要求楼下一定要有24小时便利店，近地铁，方便逛大商场的安庆，因为她的买房决定也同时选择了另一种生活。她笑称自己已经习惯了从城市style切换到农村style。“以前租房的时候，走路就能逛到天河城、正佳广场，现在每天往返天河—番禺后，周末有空逛街却不愿‘进城’了。坐地铁挤得要命，回来还得掐着时间赶，开车吧停车位实在太难找，这感觉不好。我现在宁可图省事，过上居家的番禺模式。”

再过几天，安庆就满27岁了。安庆和她同年龄的朋友们，在任志强、王石等地产大佬看来，还是属于买房“想都不要想”的“小年轻”。但在安庆们看来，买房已是迫在眉睫，不能再等，高涨的房价在倒逼他们不得不加速买房。“我身边的朋友已分为两拨：一拨人以买房的方式宣告自己坚守广州；另一拨人没能在广州立足买房置业，就坚定地离开广州到另一个城市开始生活。”

让人吃惊的房价涨幅数据，或许也是造成以上诸多现象的原因之一。官方数据显示，2014年3月，广州十区新建商品住宅成交均价达到20127元/平方米，首次突破2万元/平方米大关。中心六区28862元/平方米，这一“限价”之后的数据仍然能震撼购房者的神经。

另一边，二手房价数据也不容小觑。来自中原地产成交数据显示，广州十区二手房成交均价已从2007年的7683元/平方米，飙升到现在的22755元/平方米，涨幅接近200%。彼时2007年的“疯狂上涨”，如今回头看时更像是“低谷”，房价箭头的无限上升看似没有尽头。

坚守中心城区
年涨25%的房价真心hold不住

广州，天河，几个朋友一起在酒吧聚会聊天，气氛挺high。说好22：30开始的乐队表演，结果23：00才开场。还没演5分钟，住番禺的朋友就立即起身要撤了。原因是：地铁23：30停运，现在要以“光速”打车到地铁站赶末班车……“太扫兴了有没有？我当时就觉得，住在郊区真的太可怕了。我宁可买一套小户型，也要坚守中心城区。”Sara说。

作为一个“85后”单身女性，Sara和身边还“剩”着的朋友一样，他们都认为在这房价飞涨的年代，买套房子比找个好男人更靠谱，也更能让人有安定的感觉。“缘分这个东西不好预测，真命天子也不是说有就有的。但你看现在的房价涨势，完全是过了这村就没那店了！工资涨幅完全是龟速，房价却在坐火箭，犹豫个一年半载你就会悲哀地发现，能负担的房子越来越小、越来越远，这感觉实在太糟糕了。”

▶在各大售楼盘看楼的人。
杨凯 摄

▼“今年不买房，一年又白忙。”从这句买房者的自我调侃中，可以看出多少焦灼和急切

事实上，去年从深圳调回“大本营”广州，Sara就下定决心一定要下手买房了。原本以为深圳让人咋舌的高房价只是特例，房价“洼地”广州能给她一丝慰藉，结果发现纯粹是幻想。在中心六区各大楼盘跑了一圈后，她惊呆了：在售新房几乎都在4万元／平方米以上！连当初她看不上眼的白云区新房也清一色“3”字头，位置稍好一些的也到了4万元一平方米。买一手房的想法瞬间被掐灭，Sara开始转向二手房。

但随后的看房经历，着实把她打击得够呛。几天前，Sara到车陂的富力天朗明居看房，这个区域在她看来已经算偏了，但这里十年楼龄的电梯楼单价已在2.5万元／平方米左右。Sara意向的60多平方米的小两房，总价都在165万元以上。由于不少房子的房产证未过5年，业主又要求实收，买家需要额外承担5.6%的营业税和1%的个税。这大大超出她的预算，随后地产中介的算价单更加“血淋淋”：Sara要准备60多万元现金支付首付、税费及中介费，月供1万多元，才能买下这套有10年楼龄、65平方米的小两房。“我已经悲催地将目标再降低了，改为中心区域一房一厅或近地铁的小两房。房子能给人安定感，这对像我一样独身一人漂在广州的人来说非常重要。”

与Sara相比，已手握一套房，想继续坚守中心城区就地换房的覃小姐也没有更容易。几次调控之后，现在拦在她面前的至少有“三座大山”：一是每日更新的房价；二是二套房首付提高至七成；三是正在征集意见的公积金贷款新政，即用公积金贷款只能使用一次，而她在首次购房时已使用公积金贷款。这意味着，她如果要换房，需要承受更高房价、首付和贷款利率。

然而，换房却是必需的。2014年10月，她将迎来宝宝诞生升级为母亲，现在这套60多平方米的楼梯小两房让她感觉颇为局促。覃小姐告诉记者，卖掉她现在住的这套房还掉银行贷款，也只能到手110万元左右，加上存款也不过150万元。如果按首付七成来算，在同小区换房，也只能换一套80平米、200万元左右的房子，仅比现在住的多十几平方米，仍然是两房。“如果要换更大的，就必须到更偏的地方，教育资源又是个问题，实在是两难。”覃小姐无奈地说。

房价数据对Sara和覃小姐这样期望在中心区域买房的置业者而言，也自然是残酷的。官方数据显示，2014年3月，广州中心六区新建商品住宅网上签约均价28862元/平方米。其中越秀区均价38614元/平方米，天河区36385元/平方米，海珠区30473元/平方米，而这“3”字头的楼价中还有政府“限价”的成分，以上三个行政区的在售楼盘均价多已在4万元/平方米以上，这已是普通置业者们不能企及的价格。

在Sara们被迫转向中心区二手房时，这些拥有全广州最优质教育、医疗、交通、生活配套的新老社区，也有惊人的涨幅。中介机构发布的数据显示，在刚刚过去的第一季度，天河、海珠、越秀、荔湾等市区核心地段二手房价同比涨幅均在10%以上，部分房源同比涨幅甚至高达25%。这样的涨幅，促使年轻人必须更快地踮起脚尖“啃老”买房，也让通过自身奋斗买房的年轻人内心焦灼不安，望房兴叹。

“以一套总价200万元的房子来算，即便仅年涨10%，一年过后也要多掏20万元，这是我们一年的家庭收入总和。现在有个说法叫‘今年不买房，一年都白忙’，这真是一句可怕的大实话。”覃琳无奈地说。作为一个准妈妈，她已经想得更长远，尽管近期看房已备受打击，但她仍想咬咬牙尽快换一套更大的房子，为即将出世的宝宝准备一个安乐窝。

生活质量VS教育质量
他们搬进逼仄的老旧学位房

62平方米、6楼、160万，旧、破；

48平方米，2楼，130万，白天所有房间都要开灯；

40平方米，1楼，103万，厅是五边形，一个房间两条梁！

38平方米，2楼，楼下有三个公共蹲厕，敞开着门，天啦！

72平方米，8楼，165万，房子改得乱七八糟，2个厨房的房中房，整个房子一股怪味！

55平方米，5楼，160万，楼下是个污水横流的市场。

…………

这是广州妈妈网上一位想购买越秀区学位房的家长，贴出的看房日记。唯一一套稍微看上眼的，一套位于楼梯楼7楼60平方米两房单位，挂牌价160万元，白天看房晚上中介就来电说“卖出去了”。这位妈妈无奈感叹：“买一套能住人的学位房，怎么这么难！”

古有“孟母三迁”，今有择校而居。为了给孩子创造更好的学习条件，倾尽家财，舍弃花园洋房，举家搬进逼仄、老旧的学位房，是不少广州家长的共同选择。李新明（化名）就是这万千家长中最普通的一位。

周五，外面天阴阴，仿佛要下雨。李新明七旬的母亲牵着从幼儿园放学回来的孙子回家，爬到6楼，一老一小已气喘吁吁。临到门口了，孙子却哭着闹着不肯回“这个”家，要回到“以前”的家找熟悉的小伙伴们玩，一旁的奶奶怎么劝说也不听。他显然还不明白，为什么大家要从漂亮的大房子搬进这个“一点都不好玩”的小房子。

不久之前，公务员李新明，放弃了海珠区逸景翠园120平方米的大三居，举家搬进了老东山的一套20多年楼龄的老旧楼梯楼。搬进去的“新居”，60多平方米，小两房，没有阳台。楼体外墙、室内装修都破败不堪，墙壁不时掉下白色的批灰。李新明一家离开花园电梯洋房，搬进老旧楼梯房，只因为后者带了省一级小学的学位，以及不错的公办幼儿园。而在这栋楼里居住的邻居，也大多奔着学位而来。

在“学位”这个大前提之下，牺牲全家的生活质量，似乎成了必需的、理所当然的选择。“以前身边同事为了学位搬进越秀区的老房子，我还挺不屑，觉得完全没必要，学位差一点，小孩靠自己不就好了？现在真轮到自己了，才发现这是‘站着说话不腰疼’。家里就这么一个小孩，当他到了入学年龄时，我们为人父母的想法就惊人一致了：为他创造最好的学习条件，宁可委曲求全。”李新明说。

搬进这个老小区，生活品质的下降是看得见的：水管、电路隔三差五地出状况，老式的抽水马桶时灵时不灵；每天下班已经累得够呛，还要爬楼梯到脚软。儿子没有了满小区奔跑的地方，李新明和老婆也极少邀请亲友回家吃饭聚会了，逼仄的空间实在不像样。而另一边，海珠区的那套大三房却闲置成为储物间，空得不像话。

李新明的远期计划是，卖掉海珠区的大三居，换一套带优质学位的大户型。但现在的房价太“伤人”，周边看起来不错的电梯楼单价多在4万元/平方米以上，要换一套大三房得准备近500万元。“还是再等等看吧！”在李新明看来，提高买房门槛，降低生活质量，这就是学位的代价。

Tracy倒是有幸买到了带省级学位的电梯大户型，但个中滋味只有她自己最明了。

2012年，4月的一个周末。百无聊赖的Tracy点开了一个电脑窗口，弹出无数条房源，其中一套房吸引了她的注意。“天河北侨林苑一期，144平方米仅售245万元。”这是一个带省一级小学的学位房，建于1997年，户型“槽点”也太多，两个卫生间都没窗户，但好在有电梯、有小区，还有一个扎个猛子就能游到对岸的泳池。这是Tracy当时唯一负担得起又能满足家人居住需求的房子。于是，她拨通了中介的电话。

Tracy看中的这套房子，并非一见钟情：两套两房一厅合拼在一起，被屋主硬生生改成三房一厅；客厅和卧室都不规则，两个卫生间都没窗户；装修是20世纪流行的款式，吊着顶后，层高只有2.4米，客厅正中挂着一幅毛主席的画像……但，它致命的优点是——够便宜！和原业主软磨硬泡砍价之后，这套房最终以236万元成交。

于是，时隔3年，Tracy再次成为房奴。但现在看来，这显然是个英明的决定。这套房子的“身价”，已从2年前的236万元，一路飙到360万元。在不少家长艳羡Tracy一步到位时，她却有难言的苦衷。由于两个卫生间都没有窗户，主卧里挥之不去的怪味儿是她的梦魇。“我当然想换一套更有生活品质的房子，但随便一套都要好几百万元，这不现实。”Tracy说。

撰文／黄伟　李彦秀出

访谈：全民买房热要“退烧”

北京大学深圳研究生院社会学教授　于长江

于长江

“全民买房”给在大城市生活工作的年轻人带来了经济与心理的双重压力。记者就此专访了北京大学深圳研究生院社会学教授于长江。他表示，在世俗和功利评判标准的夹击下，年轻人要勇于活出真实的自我。“买大房子时，我们要扪心自问，我的真实兴趣是什么？这是跟别人比的结果，还是自己的真实想法？”

满足居住需求应寻求适度

南方日报：您如何看待“全民买房”这一社会现象？

于长江：就买房来说，中国和全世界都一样，都不是一个简简单单的经济行为，在住房领域彻底市场化的国家或地区非常少，几乎都有公共政策的成分。不过，像我们这样的“全民买房”现象，我把它叫做“社会风潮”或“社会恐慌”，确实比较少见。这不是刚性需求的问题，现在是多数人都有强烈的购房欲望，不买就觉得会亏，形势在逼迫大家。

回到20年前，没有人买房，城里人租公房，农村人自己盖房。从国际上看，大部分国家，个人租房或者买房，都是一个很平常的现象，并不存在最终一定要买房的必然性。

南方日报：听说您在北京生活了很多年，但只有一套30来平方米的单位福利房。这能否解读成您对“全民买房”的抵制？

于长江：我确实没买商品房，一直住在单位的福利分房里，建筑比较老旧，空间非常小。我这个例子有点极端。一个正常人对房子肯定有需求，这是肯定的。但今天的问题在于，由于各种商业的因素，人为的（因素），把这种需求夸张式地放大出来。打个比方，一个人一顿吃一碗面就够了，但非要买10碗面摆在那里，吃不完又扔掉。

我们现在看房子，总觉得越大越好。作为个人的心理来说，肯定觉得空间越大越好。但一旦和成本联系起来，我们应该有个理性计算，是把钱的一大部分用来买房，还是用在别的地方呢？这得有个度，有个约束，空间需求就不是简单地越大越好，而是寻求适度。我们现在丧失了这个适度，大家对空间的需求好像不要钱一样。一个人的收入、投入应该有个结构，但现在主要是考虑房子。其实，你可能60平方米完全够了，但非要买120平方米，多的这60平方米就可能导致你不能吃好的，不能去旅游，日子过得很紧巴，这样有问题，不正常。

南方日报：对于广州这样的一线城市，您觉得需要什么样的住房保障政策？

于长江：当下的住房保障政策存在一些问题。老百姓这么疯狂地去买房子，是因为逼迫着大家不得不买，迟早要投入还不如早投入。就目前我们国家的发展水平和老百姓的实际生活条件，需要一个更广泛的社会政策，要保证绝大多数人的基本居住权，或者说基本居住条件。底线是每个人都有地方住，不能睡到街上去。

大家老有一种感觉，好像我们的政策故意不给你去住，老让你去买。正因如此，房地产商的形象在公众眼里一直是负面的，这种怀疑非常不利于社会和谐稳定。

数据

十区一手住宅价格走势图

单位：元/平方米

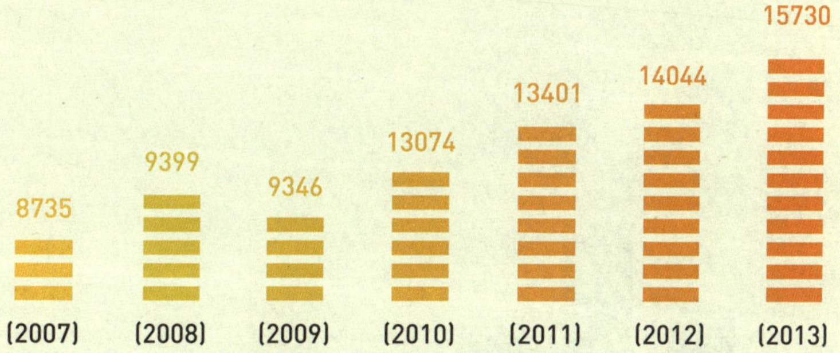

二手住宅价格走势图

单位：元/平方米

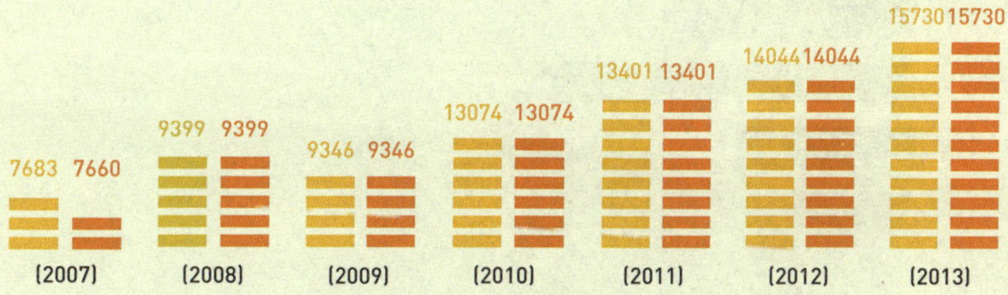

（数据来源：广州统计局、广州国土房管局、阳光家缘网、合富辉煌）

近年来广州GDP增速

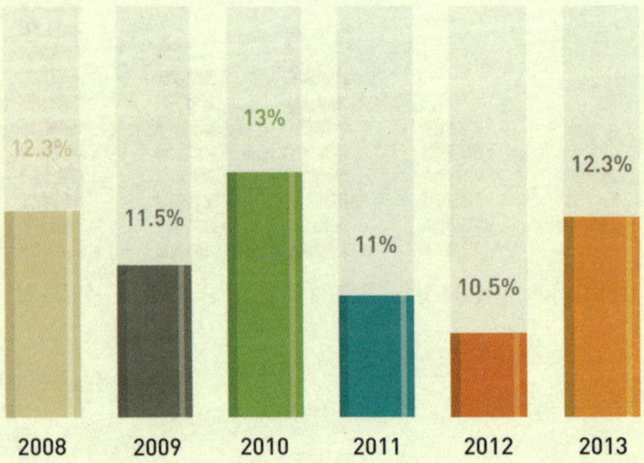

城镇单位职工年平均工资

单位：元

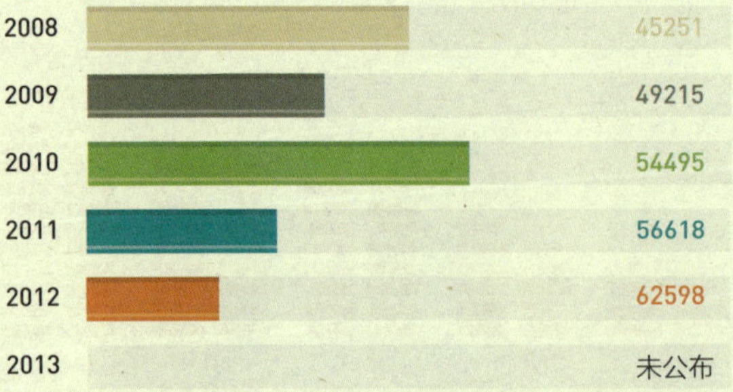

后记

现实的“大城故事”仍在继续

《大城故事》一书，从城、人、事、物四个维度讲述了我们这个时代的“大城故事”。我们的故事虽然暂时告一段落，但现实中广州的“大城故事”却仍在继续。在早晚高峰，在琐碎的生活小事，在鳞次栉比的摩天大楼，在青砖灰瓦的寻常巷陌中，故事每天都在上演。

广州仍处于城市化的快速发展期、城市规模的扩张期，在这样体量巨大的城市中，城市建设管理总是面临艰难的平衡取舍，人们的生活轨迹也高低起伏。有欢欣，有无奈，有得到，有失去。亚里士多德说，人们来到城市是为了更好地生活。在缔造“大广州”的过程中，我们希望城市管理者更加注重缔造人的幸福生活。系列报道所讲述的故事、折射的困境、提示的思路，不知能否抛砖引玉，启迪以人为本的大城智慧。这是我们报道的初衷。如果读故事的人也在故事其中，并且获得某种感动和启示，就是我们最大的欣慰。